KB195991

살림문학

살림문학

강경주
강민지
강회영
공윤경
김대성
김원호
박보경
노연정
박진이
이병진
이지원
장은화
최수연
하민혜

굿귿

머리말

손수 살림 짓는 작은이들이
어울려 꾸린 너른 마당

'살림'과 '문학'이라는 익숙한 낱말을 나란히 놓아봅니다.
누구도 이 두 낱말을 나란히 놓아둘 생각을 하지 않았기에
낯설게 느낄 수 있지만 누구나 금세 알아차릴 수 있습니다.
살림과 문학이 이토록 잘 어울린다는 걸, 서로 어깨동무 하며
너른 마당을 연다는 것을 말이죠. 그동안 문학은 살림 너머에
있거나, 특별한 순간을 아름답게 담은 것이라 여겨왔는데,
그와 달리 '살림문학'은 저마다가 꾸리는 살림 안에 수수한
뜻(문학)이 쟁여 있음을 말합니다. 문학은 살림과 어깨동무
하면서 비로소 누구나 가꾸고 꾸리는 일을 가리키는 말로
넓어집니다.

'살림'이라는 낱말을 가만히 들여다보면 '살다', '살리다', '사랑하다', '사람답다'는 말과 이어진다는 걸 알아차릴 수 있습니다. 사람이 사는 동안 무언가를 살리며 어울려 살아가는 일이 살림이기에 그 안엔 사랑이 깃듭니다. 손길로 어루만지고 눈길로 돌아보고 마음으로 품은 '살림'이야말로 모두가 말없이 꾸려온 고유한 장소(터)라 할 수 있죠. 저마다가 꾸려온 살림터를 말과 글로 잇는다면 누구나 넉넉하게 누릴 수 있는 마당을 갖게 되는 셈입니다. 살림문학은 너른 마당을 부르는 새이름입니다.

이 책은 2024년 5월부터 11월까지 진주문고에서 연 작은 모임에서 나눈 글을 손보고 여민 꾸러미입니다. 함께 연 여러 자리 가운데 맨 앞에 〈회복하는 글쓰기〉를 내어놓았습니다. 〈회복하는 글쓰기〉는 2017년부터 매년 희미하게 이어온 글쓰기 모임입니다. 2024년엔 진주문고에서 '살림글쓰기'라는 이름을 덧붙여 여섯 걸음을 내딛었습니다. 살림을 바탕으로 느끼고 생각하는 바를 꾸밈없이 드러내는 '살림글'이야말로 누구나, 언제라도 쓸 수 있고 또 써야 하는 모두가 누리는 글쓰기라 여깁니다. 살림을 돌보며 둘레를 돌아보는 일이 스스로를 일으켜 세우고(회복) 누군가를 도우며 어깨동무하는 길임을 글과 말을 나누며 누렸습니다.

가을엔 진주 여기저기를 달리며 느끼고 생각한 바를
적바림해보자는 뜻으로 〈진주 쓰깅〉이라는 모임을
열었습니다. 달리며 느끼고 생각한 것들, 달리고 나서 돌아본
것들뿐만 아니라 마을 여기저기를 누비는 발걸음이 남긴
자취 또한 몸으로 쓴(남긴) 글(흔적)이라고 할 수 있겠지요.
달리며 펼친 살림이기도 할 테니 이를 '달리기 살림글'이라
불러도 좋겠습니다.

〈빗자루와 연필〉은 살림하는 손과 글 쓰는 손이 같다는
뜻으로 빗자루 '쓸기'와 연필 '쓰기'를 나란히 놓아본
모임입니다. 살림하는 이는 글 쓸 시간이 없고, 글을 쓰는
이는 살림을 꾸릴 시간이 없다 여겨왔지만 손수 살림을
꾸리는 이만이 쓸 수 있는 글이 여기에 있다고 말하고
싶습니다. 글쓰기와 청소, 쓰기와 쓸기. 쓰기가 나아가려면,
조금이라도 나아지려면 쓸기와 어깨동무해야 합니다.
치워야 채울 수 있고 비워야 찰 테니까요. 나날이 쓸고,
치우고, 채우는 살림. 빗자루와 연필은 오래전부터 등을
맞대고 서로를 북돋아온 동무입니다. 손때 묻은 살림에서
빛이 나는 것처럼, 손수 짓는 밥에 손맛이 깃드는 것처럼
글쓰기도 매한가지입니다. 오늘 빗자루를 쥐고 둘레를 '쓰는'
이만이 연필을 쥐고 글을 '쓸' 수 있다 여깁니다.

살림문학

저마다가 꾸리는 살림이 모여 누구나 넉넉하게 누릴 수 있는
너른 마당이 되길 바라며 이 작은 책을 세상에 내어놓습니다.

늦봄부터 초겨울까지 진주와 부산을 오가며
김대성

차례

진주 쓰깅

모심글 · 이지원

뒷자리글

빗자루와 연필

닫는 글

여는 글

삶을 가꾸는 살림글쓰기

김대성

부산에서 작은 모임을 열며 책살림을
짓는다.

에세이(essay)나 수필(隨筆) 대신 '생활글'이라는 낱말을
써오다가 '살림글'이라 바꿔 불러보았습니다. 고작 낱말
하나를 바꾼 것이라 생각할 수도 있지만 '그럴 듯하게 꾸며
쓰는 것'을 가치 있는 일이라 여기는 자리에서 '내 생각과
느낌을 뚜렷한 말로 꾸밈없이 드러내는 것'을 가치 있는
일이라 여기는 자리까지, 그 거리는 상당합니다. 그럴 듯하게
꾸며 쓰는 것을 '글짓기'라고 불러왔다면 있는 그대로
드러내고 표현하는 것을 '글쓰기'라 말할 수 있겠습니다.
글짓기와 글쓰기처럼 우리 주변엔 얼핏 보면 비슷하지만
가만히 들여다보면 다른 것들이 많습니다. 저는 글쓰기가
놀랍고 대단한 것을 발견하는 일이 아니라 주변을 가만히
들여다보는 일에서 시작하는 거라고 생각해왔습니다.
멀리 있는 것을 좇는 게 아니라 가까이 있기에 들여다보지
않았던 것을 찬찬히 마주하며 작지만 소중한 것을 발견하고,
매만지고, 보살피고, 키워서 나누는 것이 글쓰기가 하는
일이라 여깁니다. 그러니 글쓰기는 특별한 것이 아니라
누구나 할 수 있고 해야 하는 일에 가깝습니다.

　　일찍이 이오덕 선생님은 모든 글은 일 하는 사람들로부터
나온다고 했습니다. '일'과 '글쓰기'는 어울리지 않아
보이죠. 일을 하기 때문에 글을 쓰지 못하거나 일을 하지
않아야 글을 쓸 수 있다 여기기 쉽습니다. 하지만 일을
해야 글을 쓸 수 있습니다. 일은 손수 매만지고 돌보고

돌아보고 살펴보는 걸 바탕으로 하기 때문입니다. 생활글은 살아가며 누구나 느끼고 생각하고 경험한 것을 바탕으로 쓰는 글을 가리킵니다. 1970-80년대에 농민과 노동자들이 쓴 글을 '생활글'이라 부르던 때도 있었습니다. 도시 야학에 다니는 10대들이 쓴 글을 묶은 책《비바람 속에 피어난 꽃》(청년사, 1979)은 농촌 어린이들이 쓴 시를 묶은《일하는 아이들》(이오덕 엮음, 1978)을 바탕으로 한 것이었습니다. 당시 농촌에선 모든 아이들이 학교를 마치면 논이나 밭에서 어른들을 도와 일을 해야 했기에 이들이 쓰는 모든 글엔 부모 곁에서 일하는 이야기가 적혀 있었던 것입니다. 그래서 '일하는 아이들'입니다. '근로 기준법을 준수하라', '우리는 기계가 아니다'라 외치며 평화시장에서 분신한 전태일 또한 대학 노트 다섯 권에 빼곡하게 글을 쓴 노동자였습니다. 일하는 사람은 글을 쓰게 되어 있지만 일과 글 사이엔 너무나 큰 거리가 생겨버렸습니다. 그럴듯하게 꾸며 쓰기를 강요하는 글짓기 교육과 문학이 이를 거들었다고 생각합니다.

'삶을 가꾸는 살림글쓰기'라는 이 이름을 풀어가며 이야기를 이어가보겠습니다. '가꾸다'와 '꾸미다'는 비슷한 말이지만 가만히 들여다보면 그 결이 참으로 다릅니다. "곡식, 꽃, 나무 남새*를 잘 자라도록 기르며 손질하고 보살피다"를 뜻하는 말은 '가꾸다'입니다. 먼 옛날부터

사람들은 흙을 만지면서 밥과 옷과 집을 얻었고 이런
살림살이에서 태어난 말이 '가꾸다'입니다. '꾸미다'는
"어떤 모습이 나게 매만지거나 차리거나 손질하다"를
뜻합니다. 겉으로 좋게 보이려고 하는 일이 '꾸미다'입니다.
'가꾸다'는 굳이 겉으로 드러나는 모습을 헤아리지 않습니다.
겉으로 좋게 보이려고 '가꾸는' 일은 없습니다. '가꾸다'란
말엔 속을 보듬거나 보살피면서 저절로 겉모습까지 좋게
되도록 한다는 뜻이 새겨져 있습니다. 이와 달리 '꾸미다'는
겉모습을 좋게 보이려고 하는 모습을 가리킵니다.** '가꾸는
일'과 '꾸미는 일'을 좋고 나쁨으로, 높고 낮음으로 나눌
필요는 없겠지만 주변을 둘러보고 또 곁에 있는 것들을
가만히 들여다보며 '가꾸다'와 '꾸미다'가 어떻게 펼쳐져
있는지 살펴볼 필요는 있을 듯합니다. 우리 손길과 마음이
어느 쪽에 더 기울어 있는지 곰곰 생각해보았으면 합니다.
슬기롭게 꾸밀 수 있다면 겉모습과 함께 속모습을 나란히
나아지게 힘쓸 수도 있겠지요. **글쓰기는 꾸미는 일이 아니라
가꾸는 일입니다.** 내가 쓰는 글과 내 삶은 따로 떨어져
있거나 각각 나뉘어 있지 않습니다. 살림하며 느끼고 생각한

---

* 들에 심어서 가꾸는 농작물을 뜻하는 말.
  (*푸새 : 산과 들에 스스로 나서 자라는 모든 풀)
** '가꾸다와 꾸미다'라는 비슷한 말에 대한 풀이는 최종규 님이 쓰신 《비슷한말
  꾸러미 사전》(철수와영희, 2016)을 참조했습니다.

것을 꾸밈없이 쓰고 그 글을 바탕으로 살림을 들여다보고, 돌아보고, 다시금 바라볼 수 있습니다. 글을 쓰면 삶을 더 낫게 바꿔갈 수 있습니다. 그렇기에 글을 쓴다는 건 삶을 가꾸는 일일 수밖에 없다 여깁니다.

글쓰기라는 말 앞에 감춰진 낱말이 있습니다. '살림'이라는 낱말입니다. 글쓰기가 삶을 가꾼다고 했으니 (살림)글쓰기라고 읽어야 한다 생각합니다. 사람이 사람답게 산다는 건 살림을 꾸리며 사는 일이라 여깁니다. 사람이 사람일 수 있는 이유는 주변을 돌보며 무언가를 살리며 살아가기 때문입니다. 살림은 '살리는 일'이며 무언가를 혹은 누군가를 '살리며 살아가는 일'입니다. 사람과 살림은 같은 뿌리에서 나온 낱말이고 사람살이와 살림살이는 이어져 있다 생각합니다. 생활(生活)이라는 말을 써도 좋지만 때때로 막연하고 두루뭉술하게 다가올 때가 많으니 뚜렷하고 생생한 살림이라는 말을 더 자주 쓰면 어떨까 합니다. 그래서 생활글이 아니라 살림글입니다.

한동안 어울려 글을 쓰며 여러분들이 보살피고 있는 살림에 이름을 붙여보기 바랍니다. 이름을 지어주어야 자주 부를 수 있을 테니까요. 이름을 부르면 다가옵니다. 이름을 부른다는 건 그쪽을 바라본다는 것이고 몸을 기울이는 일일 테니 부르는 쪽에서 다가가는 것이기도 합니다. 살림을 꾸리는 이라면 누구나 글을 쓸 수 있습니다. 글쓰기는 없던 것을 만들어내는 것이라기보다 **바닥(주변)에 떨어진 무언가를 줍는 일(살림 꾸리기)**에 가깝습니다. 살림을 쓸고 닦는 것처럼 살림글쓰기를 해나갔으면 합니다. 각자가 꾸리는 살림을 들여다보며 이름을 지어 부르거나 매만지고 다독여 작은 보자기에 여민 후 이 자리에 서로가 꾸리는 살림을 풀어놓고 이야기를 나누어봅시다. 그렇게 펼쳐진 살림 마당을 마음껏 누비며 살림을 누리는 동안 얼마나 많은 것을 느끼고 배우게 될지 기대됩니다.

회복하는 글쓰기

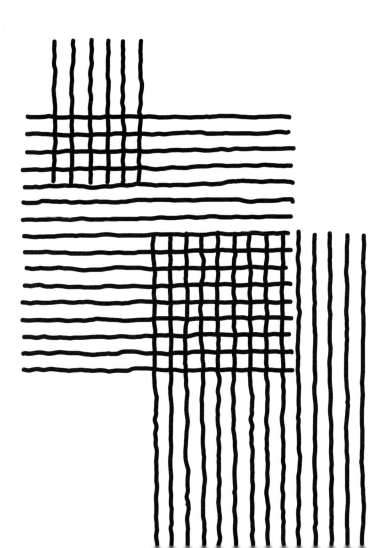

살림은 힘이 셉니다. 돌보지 않으면 함께 할 수 없고 아무리 애 쓴다고 해도 좀처럼 내 것이 되지 않아요. 길들일 수 없죠. 어찌할 수 없는 까닭으로 무너졌던 이가 다시 몸과 마음을 일으켜 세운 뒤 청소, 밥짓기, 목욕, 산책처럼 작은 살림을 꾸리기를 먼저 하는 건 우연이 아닙니다. 회복은 무너졌던 살림을 돌(아)보는 눈길과 손길에서부터 시작되기 때문입니다.

저마다가 꾸리는 살림엔 돌보고 일구며 느끼고 생각하는 것이 가득합니다. 살림을 바탕으로 느끼고 생각하는 바를 있는 그대로 드러내는 '살림글'이야말로 누구나, 언제라도 쓸 수 있고 또 써야 하는 모두가 누리는 글쓰기입니다. 에세이나 수필이라 부를 수도 있지만 그 이름 아래에선 아무래도 작가처럼 잘 써야 한다는 부담이 따릅니다. 그런 까닭에 저도 모르게 꾸미고 흉내내려 애쓰는 쪽으로 기울게 되지요. 살림은 꾸밀 수 없고 꾸밀 필요도 없습니다. 꾸리는 바를 들여다보고 드러내기만 해도 넉넉하니까요. 살림을 돌보며 둘레를 돌아보는 일이 스스로를 일으키고(회복) 곁을 도우며 어깨동무하는 길입니다.

내 참새 방앗간, 진주텃밭

공윤경

살수록 정이 가는 진주에서 따뜻한
밥을 손수 짓고 나누어 먹는 것을 큰
즐거움으로 여기며 맛나게 산다.

내게는 참새 방앗간 같은 곳이 있다. 그곳은 우리집으로 가는 길가에 있어서 언제든 잠깐 들렀다 가기에 참 좋다. 내가 좋아하는 것들도 가득하다. 새빨갛게 잘 익은 토마토, 달콤한 향내를 풍기는 복숭아, 작고 앙증맞은 블루베리 같은 제철 과일부터 국산콩을 직접 갈아 간수를 넣어 만든, 우리 가족이 제일 좋아하는 수제 두부, 그리고 자연에서 방사하여 키운 건강한 닭이 낳은 무항생제 유정란도 종류별로 진열되어 있다. 작물을 키운 생산자 이름을 제각기 내건 싱싱한 제철 식재료들은 보기만 해도 푸르고 싱그럽다. 제철 식재료들은 한꺼번에 많이 나기 때문에 가격이 저렴하다. 아직 싱싱한데도 쏟아져 나오는 물량 때문에 어쩔 수 없이 할인 칸으로 밀려나기도 한다. 날짜가 조금 지난 것들을 20% 할인해서 판매하는 자리에는 밀려난 채소들이 나를 어서 데려가라고 고개를 내밀고 있다. 그곳에서 오늘 저녁 반찬으로 하기 좋은, 마음에 드는 채소를 발견했을 때 마치 보물을 발견한 것 같은 기분이 든다. 내가 일주일에 두세 번은 들르는 그곳은, 바로 로컬푸드 매장인 진주텃밭이다.

　환경 보호를 위해 애쓰고 있는 진주텃밭에서는 생활재를 최대한 포장하지 않고 판매한다. 빨강 초록 고추는 사이좋게 나란히 세워 노란 고무줄로 묶어 두었고, 빛을 받으면 싹이 나는 감자는 봉지 대신 한 조합원이 감자를 곱게 수놓아 기부한 천을 이불처럼 덮고 있다. 쌀과 잡곡류는 투명한 통에 담겨 필요한 만큼 덜어갈 수 있도록 진열되어 있다. 마트에 가면 작은 고추 한 봉지도 비닐 포장이 되어 있어 장본 만큼 포장재도 쌓여 모두 쓰레기가 되는데, 진주텃밭에서 장을 보면 포장재 쓰레기를 조금은 덜 수 있어 좋다. 올해부터 한 달에 한 번 포장하지 않는 날을 실시하고 있는데, 그릇을 가지고 가서 무포장 생활재를 구입하면 할인도 받을 수 있다. 그 날 나는 진주텃밭에서 쌀과 잡곡류를 산다. 집에 있는 빈 통을 가지고 가서 원하는 만큼 현미를 담아 저울로 재고 가격표를 직접 붙여서 계산한다. 포장재 없이, 원하는 양만큼만 쌀을 사고 할인까지 받으니 얼마나 좋으랴?

진주텃밭 조합원이고 워낙 자주 들르다 보니 일하는 분들이 모두 지인처럼 느껴진다. 매장을 들고 나며 인사하는 것이 자연스러워 친한 친구 집이라도 방문한 듯하다. 매장이 좀 한산할 땐, 물건 값을 치르며 한참이나 서서 이런저런 수다를 떨기도 한다. 매장 운영 원칙을 회의를 통해 함께 만들고, 어떤 생활재를 판매할 것인지 논의도 하고, 여러 행사에 시간을 들여 봉사 하다보니 내가 진주텃밭 지분을 나눠가진 주인이구나 느낀다.

오늘도 나는 진주텃밭에 들른다. 저녁 메뉴를 무엇으로 할지 정하지도 않은 채 불쑥 들어간다. 할인하는 곳에 뭐가 있는지 먼저 둘러본 후에 끝이 조금 시들한 쑥갓 한 봉지를 집어 들고, 갓 만들어 아직도 따뜻한 기운을 내뿜고 있는 하얗고 보들보들한 두부를 집어 든다. 손으로 전해지는 온기가 따스하고 참 좋다. 오늘 저녁 메뉴를 결정했다. 쌉쌀하면서도 달짝지근한 맛이 나는 쑥갓나물과 들기름에 바삭하게 구운 고소한 두부구이를 반찬으로 먹을 것이다. 그리고 며칠 전 진주텃밭 조합원 밴드로 예약하여 공동구매한 하미과 멜론을 후식으로 먹어야지. 잘 익었지만 흐물거리지 않고 젤리같이 탱글탱글한 식감을 가진 달콤한 멜론을 가족들과 나눠 먹을 생각을 하니 벌써부터 침이 고인다.

자퇴를 돌아보며

김원호

진주에서 바지런히 시를 공부한다.

마티스의 〈Le Platane〉를 보면 나뭇잎들 사이에 끼어
있는 새를 도무지 구분해낼 수가 없다. 그런데 사실, 그
그림에 새는 없다. 한 획으로 그려진, 온통 푸른 플라타너스
이파리들뿐이다. 새는 그러나 내 착각 속에 숨어 있고.
숨어서 그 부리를 내밀고 있고. 귀엽게 벙긋거린다. 자세히
들어보면 살려달라는 외침이 풀잎처럼 우거진 내 감각을
비집고서 째잭, 들려오는 듯하다. 그것은 또한 예감으로
그치고 마는 것 중 하나지, 나의 것은 아니다. 그럼 나의 것은
무얼까. 그림을 멍하니 바라보며 내가 내게 묻는다. 무엇도
떠오르지 않고 아무 생각도 나지 않는다. 이게 나의 진심,
나의 눈이다. 나는 그림 보는 눈이 없다.

　　여기서 '없다'는 정도가 부족하다는 뜻이지 부재함이
아니다. 내게도 눈은 있었습니다.* 난 말이지, 말하자면
미술대학에 가고 싶었던 적 있다.

때는 고등학교 2학년이었다. 수학여행에서 돌아온 직후,
나는 학교를 중퇴했다. 집 근처 사대부고에 다니고 있었는데
예술고등학교로 재입학하고 싶다는 것이 그 이유였다.
화가가 되고 싶었다. 사대부고에도 예체능계 진학을

---

* 　KBS 〈다큐멘터리 3일〉 415화에 출연한 문어잡이 배 선장과 PD의 대화 중, PD가
　 "선장님 어릴 적 꿈은 무엇이었어요?" 묻자 선장이 "제게도 꿈은 있었습니다."라고
　 답한 것을 변용.

희망하는 학생이 물론 있었고 경우에 따라 야간자율학습을 제외시켜 주기도 했다. 안전하고 무난한 방법으로 노력 하에, 원하는 학교를 갈 수도 있었을 것이다.

그치만 나는 맨 뒷자리 창가 쪽에 앉아 있었나. 학교 주변에 산이 있다. 새소리가 숲으로부터 들려오기 시작한다. 쪼로로록 쪽쪽쪽 하는 게 물방울새. 까악 까아악 이건 까마귀, 뻐꾹 뻐꾹 뻐꾸기, 쵸쵸쵸 암꿩도 있다. 호옹 호오오옹 소리를 내는 새는 꾀꼬리다, 그것도 사랑을 하는 사월 초순의 꾀꼬리들. 저마다의 특이한 울음소리를 따라 붙여지는 새의 이름들. 그러나 한 사랑만은 그것으로부터 규칙을 벗어나게끔 했다. 나에게도 그런 사랑이 필요했던 것 같다. 예외적인 다름을 가능케 하는 사랑. 나에게는 예술을 향한 사랑이었다.

미술은 중학교 3학년 가을 무렵 본격적으로 시작했지만 화가가 되고 싶다는 마음으로까지 번진 것은 고등학교에 들어와서부터였다. 무엇보다 나는 당시 주변 환경을 꽤나 중요시하는 학생이었고. 주위가 예술을 사랑하는 친구들로 둘러싸이면 좋겠다는 생각을 했다. 인문계 고등학교와 나는 점점 멀어졌다. 부모님께 말씀드리고서. 자퇴서를 제출했다. 이듬해 나는 예술고등학교 신입생으로 입학한다.

그리고 자퇴서를 거듭 인쇄한 것도 그해였다.

학기 초, 나처럼 미술을 좋아하는 친구들이 좋았지. 친구들이
전부 미술을 좋아한다는 게 정말 좋았다. 교실에서 친구들과
연필을 같이 깎을 수 있어 좋았다. 테두리에 빨간 줄이
하나 있는 화구통을 메고서 같은 길을 걷는 것이 좋았다.
날마다 레슨 시간만을 기다렸다. 이젤을 펼치고 같은 정물을
바라보던 것과 교복에 체육복에 좀처럼 지워지지 않는
아크릴 물감이 튀는 것까지 모든 생활이 만족스러웠다. 우린
분명히 같은 소리로 우는 새들이었는데.

그렇게 듣기 좋던 노랫소리가 힘 빠지는 소리로 들리기
시작한 건 어느 순간부터였을까. 왜였을까. 가을의 끝,
간신히 매달려 있다가도 느닷없이 팔랑팔랑 손을 놓아
버리는 낙엽처럼.

문득 나는 새가 아니라고 느꼈을까. 미술대학에 가고
싶은, 미술을 사랑하던 사랑한다고 믿었던 마음이 처음으로
진심이 아니라고 느꼈다. 지금 생각해보면 치기 어린
마음이었는데, 실기 시험 시간이었다, 만들기 시간이었다,
문제는 바로 거기 있었다.

나는 예술로 점수를 매기고 줄 세우는 것이 싫었다.
그러나 나는 화가가 되고 싶어 예술고등학교에 왔고,
만들기가 아닌 그리기 시험에서만큼은 모순되는 마음을
가졌던 것이다. 말하자면, 솔직히 나는 꼭 1등이 되고
싶었다. 이게 나의 진심 내가 미술을 대하는 마음이었다.

회복하는 글쓰기

나는 만들기를 정말 못했다. 하기 싫었다. 그래서 안 했다. 종이컵과 빨대를 이용한 만들기 시험이었고. 종이컵을 대충 구겨 제출했다. 〈번뇌〉, 작품 제목이었다. 결과는 꼴등이었다. 시험을 망쳤다. (그리기 시험 두 과목은 일등이었다. 돌이켜보면 내가 못하는 건 못하는 것으로 남겨두는 정신이 많이 필요했던 것 같다.)

친구의 작품과 나의 작품을 번갈아가며 살피던 나의 눈이 문득 건조하게 느껴졌다. 눈물 대신 마른 이파리만 뚝뚝, 떨구었을까. 울고 싶어도 눈물이 안 나왔다. 설명할 수 없는 이상한 기분이 들었다. 마음과 마음이 충돌하는 내 진짜 마음. 기숙사에 들어와서 불도 안 켜고 혼자 누워 있었다. 기말시험이 다 끝난, 늦가을이었다. 같은 방을 쓰던 친구들 옆방 친구들 시험이 끝난 기념으로 우루루 놀러 나갔다. 나는 가지 않았다. 살짝 열어놓은 창문으로 어떤 예감 같은 것이 불어오고 있었다. 나, 또 학교를 자퇴할 것 같아. 엄마한테 전화했고. 엄마는 그러라고 했다. 고마웠다. 우리 부모님은 언제나 그랬다.

예술고등학교가 있는 대구, 새들이 옹기종기 모여 있는 무리를 찾아 진주로부터 떠나온 곳. 그곳에서 나는 미술을 한다고 해서 특별하지도 않았다. 모두가 미술을 하고 음악을 하고 무용을 했으니까. 내 미술이 특출난 것도 아니었다.

그림을 잘 그리는 친구, 조각을 기가 막히게 하는 친구,
만화에 천부적인 재능을 보이는 친구도 있었으니까.

　　요즘도 가끔 대구에 들르면 그때 생각이 떠오른다.
다행이네. 나 지금 참 잘 산다. 미술을 그만두길 잘했네.
내가 정말로 새는 아니었구나. 그저 나뭇잎 한 장이었구나.
나뭇잎인데 새라고 믿었던 거지. 문득 새가 없는 그림 하나를
떠올리며. 나뭇잎이 무성한 그림 한 장. 그 그림 속에서는
호오오옹 호오옹 소리가 들려올 듯도 한데.

　　나는 아주 미술을 사랑하지 아니한 건 아니었구나. 그런
생각도 잠깐 해보면서.

나날이 건네는 손길

박보경

여기저기를 즐겁게 거닐다 진주에서
보건교사로 지내며 더불어 산다.

'갈등과 다툼을 그치고 서로 가지고 있던 나쁜 감정을 풂.'

화해의 사전적 의미다. 갈등과 다툼이 있으면 서로에게
좋지 못한 감정을 품게 되고, 그 감정은 계속해서 나와
함께한다. 밥 먹을 때도, 일할 때도, 잠 자기 전에도, 불쑥
불쑥 떠오르며 일상에 끼어든다. 그로 인해 매 순간 온전히
몰입하지 못하고 감정에 좌지우지되기 쉽다.

얼마 전, 학교에서 겪은 일이다. 수업을 시작하며 흥미를
유도하는 질문을 던졌다. 질문을 받은 아이는 귀찮다는 듯
건성으로 대답했다. 그리고 수업을 듣고 싶지 않다는 듯
사물함에서 카드를 꺼내왔다. 카드를 제자리에 돌려놓으라
말하자 그 아이는 혼잣말로 투덜투덜 욕과 비방을 들릴 듯 말
듯 뱉었다.
    "선생님은 무슨 말은 들은 것 같지만 오늘은 그냥
지나가려고 해."
    이 말 한마디로 그날 수업을 일단락하고 교실 문을
나섰다. 이후 일과는 계속해서 아이의 행동, 말, 태도와
더불어 내 행동을 되짚어 보는 생각으로 채워졌다. 학생이
미웠다가 그럴 수도 있지 이해하기도 하고, 내 지도가
미흡했나 후회되는 등 온갖 감정은 내 일부가 되어 계속
따라다녔다.

며칠 뒤, 그 학생이 보건실에 들어왔다. 아이를 보는 순간 지난 감정이 올라오는 것을 느꼈다. 아이는 여기저기 아픈 부위를 보여주었다. 어쩌다 다쳤는지, 지금 상태는 어떤지 묻는 질문에 똑똑히 대답했다. 처치를 하며 얼굴을 보니 눈곱이 끼어 있었다.

"눈 감아볼래?"

순순히 눈을 감는 아이 얼굴을 닦아주었다. 처치가 끝나고 아이는 보건실을 나갔다. 몇 교시가 지나서, 다시 그 학생이 보건실을 찾았다. 붕대를 고정하는 테이프가 떨어졌다며 다시 붙여달라고 했다. 아이가 원하는 대로 테이프를 붙여 주며 나직이 말했다.

"선생님은 지난번 수업에서 너의 행동과 말에 많이 속상하더라." 아이는 가만했다.

"선생님한테 해줄 말 없니?"

아이는 조용하면서도 공손한 말투로 "죄송합니다, 선생님." 하고 말했다.

순간 마음 속 어딘가 남아 있던 아이에 대한 감정이 변하는 것을 느꼈다. 말랑말랑 부드러워지며 따뜻한 버터처럼 사르르 녹았다.

"선생님이 너의 이야기를 들으니 마음이 녹는 거 같아. 이렇게 말해줘서 참 고맙다."

아이는 묵묵히 앉아 처치가 끝나길 기다렸다. 그 사이

아이의 흰 실내화가 눈에 들어왔다. 새 신발 같았다. 흰 실내화를 살짝 발로 밟으며, "선생님이 너 새 신발 밟았어." 하고 장난을 던졌다. 묵은 감정이 사라지니, 산악자전거 타기를 좋아하고, 까무잡잡한 피부가 건강해 보이는, 늠름한 아이가 눈앞에 있었다.

화해를 통해 지난 감정은 새로운 감정으로 바뀐다. 미워하는 마음에서 깊은 사랑과 이해로 바뀌게 된다. 화해는 쉽지 않다. 자신의 잘못을 인정하고 표현하려면 용기를 내야 하기 때문이다. 어른들은 대개 화해를 시도하는 과정에서 잘못을 인정하기보다 이유를 달고, 그걸 표현하는 과정에서 마음에 없는 말과 행동으로 오해를 만들기 쉽다. 그래서 화해하려면 단순해지는 것이 좋다. 내 잘못을 인정하기, 잘못에 대해 솔직히 이야기하기, 마음을 표현하기, 그리고 기다리기. 그 학생이 단순하게 화해의 손길을 보내준 것이 참 고마웠다.

아이들, 선생님들과 만나고 이어지면서 어찌 늘 좋은 감정들만 존재할까. 다만 관계 속에서 나쁜 감정이 생긴다면 잠시 시간을 가지며 기다려보려 한다. 기다리다 보면 내 마음이 다시 보이고 어느 날 화해해도 되는 순간을 만나게 될 거다. 그때, 주저하지 않고 기꺼이 화해의 손을 내밀어볼 참이다. 내가 만난 이 아이처럼.

길 위에서
―그건 아마 우리의 잘못은 아닐 거야*

이지원

산길 따라 들어온 합천 마을에서
아이들과 어울려 와글와글 쓰며 산다.

*   가수 백예린이 부른 노래 제목을 빌려옴.

2주 전쯤 아이들을 데리러 학교로 가는 길이었는데 좁은
2차선 도로에 늪 쪽에서 기어 나온 거북이 한 마리(크기는
내 머리만한)가 차도를 느리게 건너고 있었다. 나는
우리집에서 3년 정도 키우고 있는 '고빈다'(막내가 공원에서
주워온 붉은귀거북)가 생각나서 속도를 줄이며 거북이를
바라보았다. 돌아오는 길에 아이들과 거북이를 볼 수 있을
거라는 생각에 들뜬 마음으로 엑셀을 밟았다. 아이들을
태우자마자 나는 상기된 목소리로 말했다.

"지금 커다란 거북이 한 마리가 길을 건너고 있어, 얼른 가서
길을 다 건너갔는지 보자."

그 지점에 다다라 저 멀리서 거북이가 보일 때쯤, 아이들이
창문을 열어 고개를 내밀었고 나는 속도를 줄이는데…
가까이서 본 거북이는 등이 터지고 내장과 머리는 모두
으깨진 처참한 모습이었다. 아이들과 나는 상상도 못한
광경에 놀라고 말았다.
    "엄마, 아까 그거 아무리 생각해도 거북이가 아닌
거 같아. 호박인 것 같은데? 엄마가 저번 에 호박 쪄서
요리해줬잖아. 그거랑 색깔도 똑같고… 그렇지?"라고 집에
돌아온 막내가 떨리는 목소리로 말했다. 나는 아이 눈빛에서
순간 간절함을 보았고 일단 호박이었다고 말해줘야 할 것

같았다.

"그, 그래, 그건 호박이었을 거야. 아까 엄마가 본 거북이는 아마도 길을 다 건너서 숲속에 잘 들어갔을 거야. 어쩌면 지금 친구를 만나서 쉬고 있을지도 모르지."라고 웃으며 대답했다. 그러자 옆에서 듣던 6학년, 3학년 딸들이 건조한 말투로 팩트를 날렸다.

"내가 거북이 피 나온 거 봤는데? 그거 거북이 맞아."
"트럭에 깔려서 죽었겠지."

침울해진 막내는 방으로 들어갔고 그 일은 그렇게 잊힌 줄 알았다. 그런데 2주가 지나 숲길을 쌩쌩 달리는 차 안에서 막내는 다시 거북이 이야기를 꺼냈다. 우리 차가 또 다른 거북이를 밟을 수도 있다는 두려움에 기억이 떠오른 것 같다. 아이들의 대화는 더 치열해져 다툼으로 번졌다. 한 살 차이 나는 둘째와 셋째는 성향이 너무나 달라서 이야기가 길어질수록 거북이가 죽었다고 주장하는 둘째의 근거는 더 세밀하고 잔인해졌다. 그러자 막내의 절망적인 표정은 곧이어 분노로 바뀌었다.

"트럭보다 거북이 등이 더 단단하다구! 만약에 거북이를 트럭 아저씨가 밟았으면 그 아저씨도 벌 받아서 똑같이 밟아

죽여야 해!! 나쁜 놈!"

녀석은 몸을 부르부르 떨며 눈물을 머금고 외쳤다. 남편은
사내아이가 쉽게 눈물을 글썽인다며 뭐라 했고 나는 아이의
격해진 언어와 반응에 버럭 하며 소리쳤다. 거북이 사건은
다시 침묵으로 덮이고 말았다. 아이는 그때 본 것이 거북이가
맞다면 거북이를 밟고 죽인 이름 모를 운전자를 증오하는
것이 마땅하다고 여겼다. 그리고 저주를 퍼부었다. 나는 그
모습을 외면하고 싶었다. 사실 나는 거북이가 차도를 건너는
것부터 비정상이라고 여겼다. 하지만 돌이켜 생각해보니
차 안의 어색하고 불편했던 침묵이야말로 너무나
비정상이었다.

　　거북이가 다니는 길에 도로를 깔아 차들이 무서운 속노로
달리게 허락한 것은 인간이다. 나는 매번 그 한적한 등곳길을
지나갈 적마다 방지턱이 너무 많다며 불평하기도 했다. 내
상황과 시간에 맞춰 쌩쌩 달리려는 마음. 숲길을 누리며
편안하게 도로를 달리는 동안 희생될 수 있는 생명들을
인식조차 하지 않았다. 작은 동물들의 죽음보다 나의 5분,
10분이 소중하다는 오만함. 그리고 그러한 오만함조차
'어쩔 수 없잖나~'라며 얼렁뚱땅 넘어가려는 비겁한 태도.
로드킬 가해자에 대한 아이의 정당한 분노에 공감하지 못한,
세심하게 이 문제를 짚고 넘어가지 못한 어미의 모습이

부끄럽다. '아마도, 어쩌면'이라는 막연한 표현으로 문제 상황을 회피하는 모습까지도 드러나고 말았다. 즐겨듣던 노래 제목조차 나의 태도 같아 섬뜩하게 느껴진다.

　이 사건을 계기로 장마가 지나가면 방생하기로 했던 우리집 거북이는 안전이 걱정되어 놓아주지 못하고 있다. 이미 송별회까지 해 두었는데… 도대체 이 녀석이 로드킬 당하지 않도록 하려면 어디에 놓아주어야 할지. 이 시골 마을에서도 안전한 곳을 찾기가 어렵다. 길 위에서 길이 보이지 않는 곳을 조금 더 찾아보아야겠다.

마음아 안녕?*

강경주

진주에서 책과 더불어 사람들과
이야기 나누길 즐기는 농사꾼입니다.

* 최숙희 그림책 《마음아 안녕》에서 제목을 빌려왔습니다.

똑! 똑! 똑! 2학년 2반 문을 열고 들어간다. 담임선생님과 눈을 맞춰 가벼운 인사를 나눈다. 나는 가져간 책 꾸러미 가방을 선생님 책상 위에 올려놓는다. 두 손을 모아 "공수 자세~ 안녕하세요~"로 인사하자고 얘기한 뒤 2반 친구들과 허리 숙여 인사를 나눈다. 선생님은 1분단 창가를 지나 뒷문으로 빠져나간다.

오늘 읽을 그림책 주인공은 코끼리다. 아이들에게 읽어주고자 도서관에 가서 '뭘 좋아할까? 뭐가 좋을까?' 고심하며 골랐던 책이다. 코끼리와 생쥐가 함께 노는 이야기가 시작된다. 두 눈을 똥그랗게 뜨고 두 귀를 쫑긋거리며 나와 책을 지켜보는 아이들이 사랑스럽다.

그때, 3분단 첫 번째 줄 두 남자아이가 토닥토닥, 손이 왔다 갔다 하며 다투기 시작한다. 이를 어째, 모른 척 괜찮아지기를 기다리며 책 읽기를 이어나간다. 두 번째 책을 두 장 정도 읽어가던 중 남자아이가 우는 소리가 들린다. 울음소리가 나는 곳으로 아이들 시선이 쏠린다. 나는 책 읽기를 잠시 멈추고 아이에게 간다. 토닥토닥 아이 등을 두드려 본다.

"무슨 일이야? 괜찮니?"

아이는 아무런 말도 없이 그저 웅크린 채 흐느낀다.

"책 읽는 시간 끝나고 이야기해 보자." 하며 아이 곁을 떠나 다시 동화책을 읽어준다. 재미있게. 중간중간 아이는 계속 훌쩍인다. 마음이 자꾸 그쪽으로 기운다.

책 읽기가 끝났다. 아이에게 다시 간다. 아인 눈물 닦은 휴지를 벽에 던진다. 그래도 화가 풀리지 않는 듯 보온병과 가방도 벽에 던진다. 자신이 얼마나 속상하고 화가 났는지 좀 봐달라는 몸짓으로 읽힌다. 화가 가득 차 부글거리는 아이가 안쓰럽게 느껴진다.

아이에게 아무 것도 해줄 수 없었다. 나는 아침책 읽어주는 마을 강사… 아이들 이야길 들어줄 시간적 여유도 없고, 선생님 역할을 침범하는 것은 아닌지 걱정스럽기도 했다. 나는 아이 등을 토닥이며 "울고 싶은 만큼 울어도 괜찮아. 그래도 괜찮아. 그리고 진정되면 있었던 일을 선생님께 얘기 드려 볼래?" 하고는 천천히 교실을 나왔다. 학교를 걸어 나오는 나의 마음과 발걸음은 많이도 무거웠다. 싸우던 두 아이 사이엔 어떤 일이 있었고 울던 아이 마음엔 어떤 감정들이 있었을까?

도서관에 들러 그림책을 본다. 내가 좋아하는 최숙희 선생님 그림책《마음아 안녕》이다. 맘이 싱숭생숭할 때 읽으면 그림으로 글로 위로받는 기분이 든다. 책을 보는데 오늘 아침 책 읽기 시간 풍경이 그려진 그림책이 있다. 그 그림책에 나와 8학년 8반 친구들이 있었다.

끄덕 끄덕 괴물은 내 말만 안 들리나 보다.

잘 듣지도 않고 고개만 끄덕 끄덕.

와글 와글 괴물들 얘기는 잘도 들어주면서.

나도 하고 싶은 말이 많은데…

말할까, 말하지 말까, 말할까.

그러지 말라고…

아얏!

그 아이는 '나 좀 봐달라고, 나 억울하다고, 내 얘기 좀
들어달라고' 이야기하고 있었던 것은 아닐까…?

며칠 후 우연히 집 앞 아이스크림 할인점에서 그 아일
만났다. 빵긋 웃으며 나에게 먼저 아는 척을 한다.

　　"어! 하봄 엄마다! 안녕하세요."

　　밝게 웃는 아일 보니 맘이 놓였다.

　　"응. 안녕? 잘 지냈어? 그날 많이 속상해 보였는데 이젠
괜찮니?"

　　"네~~괜찮아요." 하며 해맑게 웃는 꼬맹이가 참
사랑스럽다.

　　"고른 거 아줌마가 사줄게. 친구들 것도 다 가져와.
아줌마가 쏜다~!"

"네? 진짜요? 와~~~ 감사합니다~!"

아이스크림 할인점을 나오는 내 발걸음은 참말로 시원하고
달콤하다. 더운 열기에 내 맘과 아이스크림은 사르르
녹아내린다.

우리집 똥강아지

강회영

진주에서 살림꾼―일꾼을 오가며, 늘
반려견과 동네마실 누리기를 즐거이
여깁니다.

"수고하셨습니다."

트램펄린 위에서 신나는 음악에 맞춰 뛴다. 숨이 머리끝까지
차고 더 이상은 힘들다는 듯 몸이 흐느적거릴 때쯤 마무리
스트레칭을 하고 온몸이 땀으로 범벅이 된 나를 뿌듯한
마음으로 즐기며 회원들과 오늘도 수고했다고 인사를
나누고 밖으로 나온다.

　　지켜보던 원장님도 수고했다고 말 건네는데 눈이
빨갛게 충혈되어 있다. 울었느냐고 물어보지는 못하고
몸이 아프시냐고 물으니 어제 기르던 개가 무지개다리를
건넜다며 자꾸 눈물이 난다고 한다. 엊그제 기운 없이 누워만
있어서 병원에 갔는데 낮에 개를 돌보는 할머니가 사람이
먹는 음식을 이쁘다며 한 개 주고, 잘 먹는다고 두 개 준 게
탈이 난 거라고 했다. 병원에서 주의를 듣고 링거를 맞고
돌아왔단다. 그러고 어제 퇴근하고 집에 가니 움직이지
않았다고 한다.

　　장례를 치른 사진을 보여주었다. 주위에 예쁜 꽃들의
장식과 함께 포근한 자리에 곤히 잠자고 있는 모습이다. 나도
모르게 눈물이 났다.

　　"회영 씨가 왜 울어?"

　　"남 일 같지 않아서요."

　　나도 왜 우는지 몰라 떠오르는 대로 답했다. 원장님 등에

업혀 등산하는 모습, 산책하며 즐거워하는 모습, 예쁘고,
예쁘고, 예쁜 모습의 여러 사진을 보며 일찍 무지개다리를
건너간 아이를 안타까워한다.

푸푸는 스탠다드와 토이 푸들 중간 크기로 긴 다리에
갈색 털을 가진 수컷 푸들 종이다. 푸들 앞 글자를 따서
'푸푸'라고 딸아이가 이름을 지었다. 앞서 기른 리트리버에
'파워'라는 이름은 오빠가 지었으니 이번에는 자기가 할
차례라고 아이들끼리 순서를 정한 것이다. 푸푸(poo-poo),
영어로 응가, 똥이라는 뜻을 모르는 딸아이라, 남편과
나는 눈짓으로 '말하지 않기'로 하고 딱 어울리는 귀여운
이름이라고 했다. 하루는 혼자서 산책을 다녀온 딸아이가
친구들이 푸푸를 똥이라고 놀렸다며 울상을 짓기에 푸푸
뜻을 설명해 주었다. 옛날에는 아프지 말고 오래 살라고 사람
이름을 '개똥이'라고 지었고, 오빠 태명도 '똥강아지'였다며
급하게 의미도 만들어주었다.

딸아이의 속상한 마음을 달래주기 위해 한 말이지만
사람보다 짧은 생을 사는 푸푸가 진심으로 건강하게
우리와 함께 오래 살아주길 바란다. 10년 뒤에는 내 나이
54살이고 푸푸는 14살. 같이 늙어가겠다며 막연하게
생각했는데 이렇게 숫자를 적어보니 '아닌데… 어쩌면
먼저 무지개다리를 건너겠다', '얼마 남지 않았는데…' 하는
데까지 미쳐 너무 당혹스럽다. 푸푸의 죽음을 벌써 걱정하고

슬퍼하는 나에게 남편은 쓸데없는 생각이라며 핀잔을 주겠지? 함께하는 동안 잘해준다고 해도 잘해주지 못한 일들에 후회만 있겠지?

아무도 없는 운동장에서 냄새 맡느라 정신이 팔려 있는 푸푸 몰래 100m 정도 떨어져 "푸푸야!" 부르면 푸푸는 나를 보고 달려온다. 두 귀는 바람을 맞아 뒤로 젖혀지고 긴 두 다리는 어찌나 날랜지 속도를 못 이기고 나를 지나쳐 간다. 이렇게 사랑스런 푸푸를 두고 문득문득 녀석의 죽음을 어떻게 받아들일지 슬퍼할 내 모습을 상상한다. 그래, 청승이라면 청승이다.

건조기에서 부들부들하게 잘 마른 옷들을 꺼낸다. 거실 서랍장 앞에 자리를 잡고 빨래를 개고 있으면 푸푸는 어느새 공을 물고 와서 손등을 친다.

"꼭 빨래 갠다고 앉으면 오냐?"

빨래를 개키는 동안 우리는 공을 던지고 가지고 오고를 반복 한다. 푸푸가 물 먹으러 자리를 뜨면 내가 얼른 자리를 이동함으로써 공놀이는 끝난다. 녀석의 빠른 눈치와 나의 행동에 따라 놀이에 시작과 끝이 있다. 안 놀아줄까 봐 물 마시고 싶은 걸 참고 있을 녀석을 생각해서 물 먹고 오길 기다렸다가 공놀이를 다시 시작하기도 한다. 그럴 때면 녀석의 마음을 알아준 것 같아 괜히 으쓱하다. 신이 나서 놀 때면 어쩌면 녀석이 나와 놀아주는 게 아닐까? 싶기도 하다.

하루의 끝

강민지

진주에 살며 약국 살림에 이바지하는
일꾼으로 지냅니다.

너를 처음 본 게 언제였을까. 2012년이었던 거 같은데
TV에서 컴백 인터뷰를 하고 있었다. 그때부터 조금씩
관심이 생겼다. 목소리가 부드러웠다. 귀에 착착 감기는
게 아니고 부드럽게 넘어가 기억 속에 지워지지 않는
얼룩이 되었다. 당황하는 게 귀여웠고 부드러운 목소리에서
내리꽂는 목소리로 변할 때 그 짜릿함. 제일 큰 매력은
잘생긴 얼굴. 공룡 상인데 잘 보면 강아지도 보인다. 맞아
너는 닥스훈트 강아지를 키웠었지. 그 강아지는 잘 지내고
있단다.

　　너의 첫 단독 콘서트에서 샀던 굿즈로 작은 이벤트를
열었다. 같이 노래를 부르며 종소리를 울리는 것 참신하고
재미있었다. 딸랑딸랑 울리는 종소리에 모두 즐거웠다.
콘서트에서 너와 나의 거리는 애매했다. 수많은 사람들 속
나는 보이지 않을 것이다. 상관없다. 귀를 때리는 음향이
정신없이 울리는 순간 노래는 굉장하고 같은 장소에 너와
너를 사랑하는 사람들이 있었다. 사랑과 음악과 흥겨움이
뒤섞인 한기가 전혀 없는 뜨거운 장소.

　　라디오 DJ로 활동한다는 이야기를 듣고 기뻤다. 늦은
시간에 시작하는 라디오여서 매일 듣지는 못해도 좋아하는
코너가 나오는 요일에는 빠지지 않고 들으려고 노력했다.
그런 날은 신나게 웃다가 잠에 빠져들었다. 시간이 흘러
라디오를 진행하는 마지막 날이 찾아왔다. 시작이 있으면

끝이 있는 법이지. 너는 깔끔한 정장을 입었고 바깥에는 팬들이 가득했다. 라디오를 사랑했던 너는 펑펑 울었다. 그걸 보는 나도 울컥했다.

그러다 덕질에 손을 슬쩍 놓고 다른 그룹으로 눈이 갔던 때였다. 아이돌은 능력 있고 돈도 많으니까 알아서 잘 지내겠지, 팬들이 있고 가족이 있고 멤버들도 있으니 잘 지낼 거야, 그게 얼마나 큰 오해였는지. 너도 나약한 사람이었음을 네가 떠나던 날 깨달았다. 그날 나는 편의점에서 샌드위치를 먹으며 창밖을 멍하니 보고 있었다. 전화로 네가 죽었다는 소식을 들었다. 서둘러 검색해서 찾아봤다. 기사에는 병원에 실려 갔다, 죽었다, 혼수상태다를 비롯해 여러 소식이 올라왔다. 처음에는 충격을 받았지만 네가 곧 깨어날 것이고 반년 동안 회복에 집중하다가 어느 날 TV에 유튜브에 얼굴을 비추겠지 생각했다. 그렇게 되어야 한다. 애써 침착하게 있다 집에 도착하여 깨어났다는 소식을 기다렸지만 그런 건 없었고 사망 소식만 들려왔다. 머리는 멍해졌고 생각도 없어졌고 너의 죽음만이 머릿속에 꽉 찼다. 이게 대체 무슨 일일까?

그사이 팬들이 갈 수 있는 장례식장이 알려졌다. 잠들지 못한 채 휴대전화만 바라보다 예전에 올렸던 너의 글씨를 보고 왈칵. 그렇게 울다가 너의 마지막 길을 배웅하러 서울로 갔다. 서울에는 며칠 전에 눈이 왔었나 보다. 네가 떠난 병원

근처 모든 것들이 하얀 수의를 입은 듯 눈이 쌓여 있었다. 너를 보러 온 사람들이 길게 줄을 섰다. 장례식장은 눈물로 가득했다. 방송 관계자들도 있었다. 마지막 인사를 하고 돌아가는 버스 타러 가는 지하철 안은 평온해서 이상했다. 네가 죽었는데 사람들은 평화로웠다.

며칠 동안은 너의 죽음에 시끌시끌했고 동시에 많이 슬펐다. 그해 마지막 날에는 너를 애도하는 방송을 했다. 나는 그 방송을 보지 않고 조용히 그리워하며 새해를 맞이했다. 곧 새로운 앨범이 나왔고 멤버들이 너를 그리워하는 가사를 쓰고 콘서트에서 불렀다. 마음 한쪽 구석부터 조금씩 무너지는 기분. 그때를 마지막으로 그 노래를 안 듣는다.

계절은 각자 색깔을 가지고 있다. 봄은 따뜻한 분홍, 여름은 하늘과 초록, 가을은 갈색과 노랑, 겨울은… 아무 것도 없다. 누군가는 색이 있다고 하지만 글쎄 나는 없다. 나에게 겨울이란 네가 떠나며 모두 가져가버린 계절이다. 그렇게나 좋아하던 겨울에 떠난 자리에는 녹다 만 딱딱한 눈이 있다. 네가 좋아하던 겨울이 끝났다. 나무에는 꽃이 폈고 봄이 오기 전에 만나자던 너는 아직 소식이 없다. 이 지독한 그리움은 언제쯤 끝날까.

회복하는 글쓰기

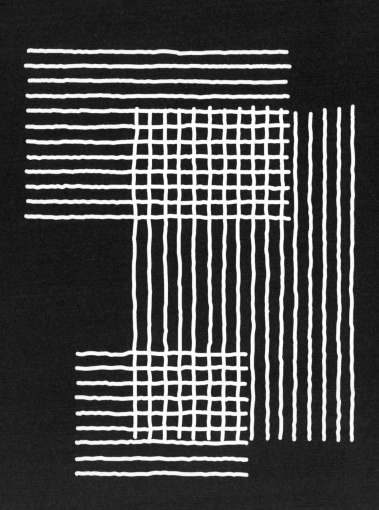

뒷자리글

"뒷자리글은 모임이 남긴 이야기를 잘 받아 안으며 잇는다는 점에서 선물을 주고받는 몸짓과 맞닿는다 여깁니다. 모임이 건넨 것을 즐겁게 잇되 다시 모임에 그 이야기를 펼쳐놓으니까요. 함께 했던 시간을 홀로 다시금 풀어나가는 일이기에, '자기반성'으로 흐르는 경우가 많지만 그렇다고 해도 그 안에 다른 이가 했던 말이나 마음이 얹혀 있습니다. 내가 느끼고 생각한 것을 떠올리며 적바림해 본 것이지만, 그 시간을 다시금 떠올려보니 다른 이가 했던 말과 생각, 그리고 마음이 다발처럼 함께 묶여 있다는 걸 알게 됩니다. 서로 다른 풀과 꽃이 한 묶음으로 어깨동무하듯 어울린 꽃다발처럼 뒷자리글은 저마다 다른 말과 마음에 작은 매듭을 지어 이야기다발로 묶어 건네는 근사한 선물입니다."

줍고 담다, 누리고 누비다

김대성

아침에 눈을 뜨는 것부터 시작하는 여러 살림글을 읽으며 〈살림글쓰기〉를 통해 '처음'부터 (제대로) 쓰겠다는 의지와 바람을 느낍니다. 처음이 아니라 '여기'서부터 시작하는 살림글도 많았지요. 저마다가 품은 뜻과 쓰고자 하는 글이 다를 테니 어떤 길로 나아가는 게 좋다거나 바람직하다고 말할 수는 없습니다. 다만, '처음'부터 쓰는 일은 쉬워 보여도 이어 쓰는 게 여러모로 어렵다 여깁니다. 지겹게 반복되는 일, 벗어나기 어려운 여러 굴레 탓에 삶이 이어져 있다고 여기기 쉽지만 우리네 삶은 대체로 조각나 있어요. 부서졌다고, 상처받았다고, 훼손되었다고, 도무지 바로 잡을 수 없다고 느낍니다. 그래서 지금은 쓸 수 없다고 여깁니다. '처음'부터 쓰고자 하는 마음은 그런 점에서 이해가 됩니다. 저는 글쓰기가 이 조각을 이어 붙이는 일이라 여깁니다.

부서진 이 조각과 훼손된 저 조각을 애써 이어 붙이는 것이 아니라 한 조각을 자세히 들여다보고, 매만지고, 간직하는 것도 이어 붙이는 일이라 할 수 있습니다. 바닥에 떨어진 조각을 줍는 일, 발밑을 향해 허리를 숙여 버려진 것을 주워 담는 일. 여기서 살림과 글쓰기는 맞물립니다. 어찌할 방법이 없어 밀쳐둔 조각, 잠깐이라도 피하고 싶어 덮어둔 조각, 마음에 자리가 없어 다른 것과 섞어둔 조각, 온데간데없이 잃어버린 조각은 저 먼 곳에만 있지 않고

'여기'에도 있습니다. 여기에 놓인 조각을 허리 숙여 줍는 일을 떠올려보세요. 줍기는 담기와 이어집니다. 버려진 것을 간직해야 하는 것으로 바꾸는 힘이 여기에 함께 있습니다. 살림은 부지런히 줍고 담는 일이며 글쓰기는 그걸 펼치고 내어놓는 일입니다. (*도마 위에 식재료를 다듬는 일, 그릇에 담아 삶고 볶는 일, 접시에 담아 내어놓는 일이 줍기이고 담기입니다. 오직 나만을 위한 살림[줍기/담기]도 끝없이 적을 수 있어요. 산책, 명상, 심호흡, 달리기, 멍때리기, 음악 듣기, 책 읽기, 글쓰기….)

때론 특별한 뜻을 담지 않고 목록(list)을 늘어놓는 것만으로도 넉넉합니다. '목록(다발) 늘어놓기'를 이름 부르기, 보따리 풀기라고 바꿔 말해볼 수도 있겠네요. 살림바구니에 담은 것을 하나하나 내어놓고 펼쳐놓아 보세요. 온라인 쇼핑몰 장바구니와 달리 살림바구니엔 애써 들여다보고 매만지고 돌본 것들로 가득할 테니 꺼내서 늘어놓는 것만으로도 부족함이 없다 여깁니다. 저는 장보기를 즐깁니다. 무얼 살까를 궁리하는 것도 즐겁지만 무엇을 사지 않을까를 (굳게) 마음먹는 것도 즐거워요. 말하자면 제게 장보기는 누구도 다치지 않는 '겨루기'(승부)를 펼치는 놀이랍니다. 같은 값을 매긴 식재료를 손저울과 눈짐작으로 가려내고(마트 일꾼들과 한판승부!) 할인과 1+1이라는

눈속임을 이겨내고 알뜰살뜰하게 장바구니에 담은 걸
손질해서 한 끼 밥을 지어 먹는 게 늘 즐겁습니다.
그리고 마을 둘레를 한 시간 넘게 달리며 몸을 느끼며
조금씩 펼쳐보는 걸 좋아해요. 처음부터 끝까지 지치지
않고 즐겁게 달리는 일은 생활비를 가늠해 한 달을 알뜰히
사는 것과 다르지 않아요. 쉼 없이 구르는 다리가 도마
위에 신나는 가락과 함께 애호박을 가지런히 써는 것처럼
느껴질 때가 많습니다. 마을 둘레에 내 몸을 조금씩 펼쳐보는
일을 하다 보면 마음도 함께 펼쳐져요. 조금만 욕심을 내면
땀이 나고(믿지 않겠지만 저는 10km를 달리고도 땀을
흘리지 않는답니다), 지치거나, 몸이 상하기도 하니 느긋한
마음으로 달립니다. 하지만 느긋하게만 달리고자 하면
이내 지루해져서 몸과 마음을 팽팽하게 당기려고 해요.
운동과 부상은 등을 맞대고 있어요. 줄타기하는 것처럼
팽팽하게 죄고 당긴 채로 달리면 그 위로 늘 낱말 하나가
자리 잡고 때론 이야기가 맺혀요. 달리는 동안 낱말을
이리저리 굴려보고, 접어두었던 이야기 자락을 펼치거나
끊긴 이야기를 이어보곤 한답니다. 오래 달리고 싶어 여기에
'달리기 살림'이라는 이름을 붙여 보았답니다. 몸을 펼치고,
마음을 펼치고, 발걸음으로 마을 곳곳을 펼치는 일, 그건 몸과
마음을 누비는 일이기도 해요. '누비다'는 이리저리 거리낌
없이 마음껏 다닌다는 뜻과 이 자락과 저 자락을 (실로)

잇는다는 뜻을 모두 품습니다.

그러니 '눈뜨기'는 꼭 잠에서 깬 아침만이 아니라 눈을 번쩍
뜨이게 하고, 귀를 열고 마음을 열어젖힌 순간에도 맞이할 수
있습니다. 글을 쓰는 것도 눈을 뜨기 위해서죠. 보지 못했던
것을 마침내 보게 되었다거나 몰랐던 것을 벼락처럼 깨닫게
되었다기보다 '나날이 새롭게 본다'는 뜻입니다. 살림은 그저
반복되는 것처럼 보이지만 나날이 새롭게 펼치는 일이에요.
살림을 꾸린다는 건 나날이 새롭게 펼친다는 뜻이에요.
달리 생각해 보면 글쓰기는 헤어지거나(결별) 오래 붙들고
있던 걸 차분히 놓는 일이기도 합니다. 응어리진 이야기를
글로 풀어내면 마침내 그 굴레로부터 벗어나게 되고 조금
더 멀어지게 되니까요. 좋아했던 작품에 대한 느낌과
생각을 글로 옮기면 뜨거웠던 마음이 조금 시들해지기도
하죠. 마음이 식어버린 게 아니라 글쓰기가 또 다른 작품을
바라볼 수 있게 하고 담을 수 있는 자리를 마련하기
때문입니다. 팽팽하게 죄고 당긴 살림에서부터 (글쓰기를)
시작하세요. '처음'이 아니어도 좋습니다. '여기'에서부터라면
누구라도 시작할 수 있을 테니까요. 즐겁게 꾸리며 누리는
살림에서부터 나날이 새롭게 눈을 떠 바라본 것들을 줍고
담아서 곁에 내어놓고 나누기 바랍니다.

글 쓰는 하마

이지원

모임을 마치고 집에 돌아오니 11시가 되었다. 집으로
향하는 국도에서 야생 동물의 로드킬을 종종 목격하기에
오늘도 긴장하며 달려왔는데 다행히 마주치지 않았다.
아마 고라니나 거북이를 정면으로 마주친다면 피하거나
치어버리기 전에 놀라서 핸들을 놓아버릴지도 모른다.
밤 운전은 점점 쇠약해지는 시력 상태로 조심스러워지고
덕분에 속도도 내지 못하니 다행일지도 모르겠다. 돌아오는
50여 분간 차에서는 카더가든의 〈의연한 악수〉가 반복해
흘러나오고 어둠 속에서 쌩쌩 달리는 것은 하얗고 작은 나의
자동차뿐이다. 도심을 지나 시골로 들어가는 길, 이 방향으로
가는 이들이 없다는 사실이 뭔가 뿌듯하다. 내 자신이
대견스럽다는 건가. 괜시리 나는 용감한 사람이야라는
생각도 들고.

　　현관에 들어서자 남편과 아이들이 내가 저녁으로
준비해둔 오리고기를 구워 먹은 냄새가 진동한다. 모두
잠들었고 부엌을 둘러보니 남은 밥이 그릇에 담겨 있다.
갑자기 허기가 진다. 원래 야식을 먹는 편이 아닌데. 오랜만에
이 시간에 느껴보는 허기짐이었다. 냉장고에는 며칠 전
반찬가게에서 산 연근 조림이 일회용 용기에 담겨 있다.
오이냉국 한 사발에 연근 조림 서너 개로 밥 한 그릇 뚝딱.
11시 반이 넘었다. 배가 부르니 든든하고 잠이 몰려오는데
몇 시간 전 글쓰기 모임의 여운이 슬슬 올라오는 바람에

노트북을 열고 후기를 남겨 본다.

오늘은 아침부터 머리가 아팠고 날이 뜨거웠다. 《이방인》 주인공 뫼르소가 뜨거운 태양 때문에 아랍인들에게 총을 쏘아버렸다는 것이 이해가 될 정도였다. 나는 아이폰과 에어컨이 부담스럽다. 그뿐 아니라 '스마트'해지는 모든 기기들에 거부감이 들곤 한다. 이 뜨거운 여름 에어컨이 없다면 누구보다 먼저 방아쇠를 당겼을 '나'이지만… 차가워진 공기 속에서 뭔지 모를 불쾌함을 느끼고 있다. 어떻게 하면 올 여름 폭염을 피하거나 맞서지 않고 포용할 수 있을까. 아침부터 미지근한 물을 마시며 고민했다.

어쩌면 여름의 열기가 오늘 두통의 원인은 아닐 것이다. 실은 최근 5년여 동안 나는 '모임'이라는 사교 자리를 거의 가진 적이 없다. 사교모임에서 최대 집중력은 많아야 나를 포함해 3명이어야 하고 마주 앉은 시간은 2시간 남짓. 그 이상이 되면 기가 빨려서 지쳐버린다. 또 치명적으로 '목표'와 '약속'이라는 단어에 불안 심리를 가지고 있어서 약속이 잡히는 순간 (심지어 원하던 것이라 해도) 취소되길 바라거나 도망갈 수 있는 방법을 찾는다. 그런 내가 거의 10명이 되는 낯선 이들과 2주 전부터 계획된 모임에, 글 몇 편을 앞에 두고 앉아 있었으니… 쉽게 잠들진 못할 것이다. 3시간 동안 오고 간 몇몇 대화들과 표정들과 눈빛들이 비눗방울처럼 동동 떠다닌다. 이제 잠자리채를 휘저어서라도 헤롱헤롱한 나를 재워야 할 것이다.

　낯선 이들에게 글로써 나를 보여주는 시간. 나는 늪과 목욕탕. 내가 머무는 두 곳을 통해 나의 조각을 드러냈고 다른 이들도 각자의 모습을 내어놓았다. 가면이든 아니든, 얼마큼 솔직했든, 한 사람 한 사람의 글과 이야기를 들으며 어쩌면 우리 모두는 무언가 중요한 걸 잃어버렸고 그것을 찾기 위해 글쓰기라는 수단을 이용하는 것일지도 모른다는 생각이 들었다. 세상이라는 틀 안에서 각자의 고유성은 성장과 반비례로 사라져버렸다. 그것을 드러내는 방법, 언어조차 모두 잃어버린 것 같다. 어떤 언어를 사용해야 할지, 나의 언어를 사용해도 되는 건지 불안하다. 나의 작은 목소리를 그대로 내는 것이, 어렵고 힘들다는 사실을, 그럼에도 불구하고 다시 찾아야만 하는 삶의 과제임을 느꼈다.

　어릴 적부터 무척 못마땅했던 인어공주 이야기가 떠오른다. 다른 공주들과 다르게 물거품이 되는 비극적인 결말이 싫었고 해변에서 벌거벗은 채로 사람들에게 발견된 것도 수치스러웠고 그토록 사랑하는 왕자를 만나기 위해 목소리를 버리고 다리를 얻은 그녀의 선택을 이해할 수가 없었다. 나 같으면 지느러미, 축축한 꼬리를 파닥거리면서라도 아름다운 목소리로 고백했을 텐데. 음흉한 문어 마녀에게 목소리를 팔고 사랑하는 그의 이름조차도 웅얼거려보지 못한 인어공주는 어리석다. 안타깝다.

20대가 지나고 결혼과 출산 후에야 그 인어공주가 바로 '나'였다는 것을. 내 주변의 많은 공주들이 '그렇다'는 사실을 깨달았다. 다리를 얻기 위해 생각하는 방법조차, 성찰하는 시간조차 빼앗긴 채 벙어리가 되고 자신을 숨기는 데 익숙해진 많은 이들이 있다는 것은 이 시대가 보여주는 슬픈 현상이다. 하지만 다행히도 우리는 거품이 되지 않으려 나아간다. 글을 쓴다는 것, 목소리를 내기 위해 조심스레 '큼큼' 목청을 다듬어보는 것. 이 모두 엄청난 시작이니까. 대단한 첫 걸음. 나는 비장한 마음으로 글쓰기 모임에 '거품이 되지 않으리'라는 의미를 부여한다.

몇 자 후기를 적고 보니 마음도 편해지고 방금 먹은 밥도 소화가 되는 것 같다. 나 자신에게 '잘했어. 오늘 너의 선택과 생각들 모두 잘한 거야.' 칭찬을 건네다가 갑자기 낄낄 웃음이 나왔다. 문득 조금 전 진주문고 4층에 모였던 이들이 모두 애니메이션 〈엘리멘탈〉에 나오는 물의 캐릭터 '웨이드'같다는 생각이 스쳤기 때문이다. 나는 원래 수용성에 사주에도 물이 꽤 있고 수영, 바다도 좋아하고 물도 많이 마시는 하마라서 그렇긴 한데. 어째 오늘 모인 사람들 대부분도 그런 게 아닐까. 글을 쓰는 사람들의 공통점인가라는 생각을 하면서 영화 속 눈물도 많고 작은 반응에도 공감하는 물의 캐릭터와 그 가족이 떠올라 자꾸 웃음이 난다. 결국 잠자리채 휘두르다가 비장해지다가 혼자 킥킥거리다 잠이 든다.

뒷자리 이야기

김원호

이따금 당근마켓 카테고리 중 '기타 중고물품' 목록을 살펴볼 때가 있다. 태진 노래방 책자 다용도 어댑터 벤치 의자 빙수 기계 콘센트 팝니다 압력솥 15만원 직접 기른 찰옥수수 이삿짐박스 11개 스타벅스 장우산 목장갑들 큰 컵라면 일괄 등.

그 일은 주말 한낮의, 감당하기 버거운, 몹시 사사로운, 처치 곤란의 권태로움을 이겨내기 위함이기도 하지만 무엇보다 다른 가정의, 세간을 구경하는 재미가 무척이나 쏠쏠하기 때문이다. 실제로 물건들을 구매하거나 그러한 생각이 내켰던 경우는 없다. 그저 손가락의 스크롤을 따라 아래로, 아래로. 목록을 쭉 한번 살펴보는 것만으로도 충분하고 풍요로운 마음이 든다.

그제 저녁은 진주문고에 들렀다. 9시 넘어서 잠이 드는 내게 7시란 조금은 늦은 시간이었지만 목요일엔 살림글쓰기 모임이 있으니까. 꾹, 잠을 참고서. 나와 벗들은 각자 살림글 격주마다 모이기로 했다. 마치 꽁꽁 싸맨 집안 살림을 남들 앞에서 풀어 보이는 당근마켓 행상인과도 같이.

조금 일찍 도착해 벗들 글을 훑었다. 원고에 이름이 적혀 있어도, 벗들에겐 미안하지만, 누가 누구인지 알 수 없었다. 첫 모임 때 돌아가며 자기소개를 했었는데. 그러나 한 편 한 편 읽어내리는 동안 '이 사람이 그 사람일까? 모르겠다.' 혹은

'맞는 것 같은데.' 추리하면서 몽타주를 그려볼 수는 있었다. 거의 들어맞았던 건 정말정말 우연이었겠다만.

각자 보따리에서 자랑스레, 조심스레, 부끄러워하면서 꺼내 보이던 살림글 내지는 생활 이야기가 그 사람과 어느 정도 닮아 있는 듯, 너무 오래 매만진 나머지 반들반들해진 글 표면이 제각각의 얼굴을 비추고만 있는 듯, 혹은 적어도 그러한 기분이 나에게는 들었던 건 우연만은 아니지 않을까? 싶기도 했다.

글과 그 글을 쓴 사람은 닮게 마련이구나. 모임 내내 놀라웠다. 순서를 뒤집어 내가 바라는 생활상을 살림글에 담아낸다면, 그것은 곧 실제가 될 수도 있을 것이다. 첫 모임에서 나는 그런 목표를 전하기도 했고 비로소 거기까지 생각이 미쳤을 때 그러나 곧 풀이 죽고 말았다. 그건 거짓말이잖아. 내가 보고 듣고 느끼면서 공들여 이해한 살림글은 그런 것이 아니다. 그때 내가 한 말을 주워 담으면서, 담으려고 시도하면서 다시금 생각해 본다, 나도 내 살림 이야기를 써 보고 싶다.

'살리는' 식사

공윤경

나에게, 식사는 좀 각별하다. 보통의 주부에게는 매일매일 도돌이표처럼 반복해서 끼니를 챙기는 일일 뿐이지만 나에게는 단순히 음식을 먹는 행위를 넘어서는 '의미'가 있다. 둘째를 낳고 나는 피부병에 시달렸다. 모유 수유를 고집해서 약도 쓸 수 없었다. 따뜻한 내 품에서 만족스럽게 젖을 빠는 아이에게 고무로 된 젖병을 물리고 싶지 않았다. 귀에서 시작된 진물은 목덜미까지 내려왔다. 병명은 건선이었다. 나는 육아를 하면서 틈틈이, 그러나 미친 듯이 건선에 대한 정보를 찾기 시작했다. 약을 쓰지 않고 나아지는 방법—이를테면 민간요법—이 절실했다. 한 번 발병하면 낫지 않는 불치병이라는 우울한 정보와 흉측한 사진들까지 인터넷에는 건선에 대한 정보가 가득했다. 건선이 시작되지 않았다면 단 한 번도 검색해 보거나 관심조차 갖지 않았을 정보들.

건선 환자 카페를 발견했다. 일본 여행 카페, 진주 아지매 카페, 독서 모임 카페, 시크릿 레시피 카페, 육아 카페를 비롯해 같은 관심사를 가진 사람들이 모이는 카페에 참 많이도 가입하고 있었는데, 같은 병을 앓고 있는 환자들이 모인 카페에 가입하려니 마음이 이상했다. '가입 이유'를 쓰는 칸을 나의 사연으로 채우며, 무척 건강했던 나에게 갑작스레 찾아온 불행이 억울해서 눈물도 찔끔 흘렀던 것 같다. 하지만 그 카페에선 약을 쓰지 않고 건선을 낫게 하는 방법을 다양하게 공유하고 있었기에 서글픔 따위 감정은 멀리멀리 휙 던져버리고 현실에 집중했다.

카페에서 알려준 해답은 음식과 햇빛, 운동이었다. 권장한 음식은 뿌리채소와 잎채소를 일정 비율로 섞어서 통째로 갈아 먹는 그린 스무디였다. 나는 매일 아침 식사 대신 그린 스무디를 먹기 시작했다. 또 새로 알게 된 한약사님의 적극적인 권유로 완전 채식(비건)을 시작했다. 모든 육류, 달걀, 생선, 유제품 등 동물성 식품을 식단과 머릿속에서 완전히 지워버리기로 했다. 냉장고는 가지각색 채소와 과일로 가득 채웠다.

음식을 가리는 것 없이 두루 잘 먹는 편이라 채식은 거부감 없이 받아들일 수 있었다. 하지만 그간 먹었던, 혀와 감각이 본능적으로 기억하는 수많은 음식의 유혹을 견디는 것 또한 쉽진 않았다. 내가 먹고 싶은 음식을 먹는 것을 그렇게나 즐기고 좋아하는 사람인지 그때까지 전혀 몰랐다. 맛집을 찾아다니고, 먹고 싶은 음식을 먹고 싶을 때에 마음대로 먹는 즐거움은 내 삶에서 꽤 큰 부분을 차지하고 있었다.

다행인 것은… 우리 엄마가 아빠 흉을 볼 때 뭔가에 꽂히면 질릴 때까지 하고서야 그만둔다며 '그게' 너무 질린다고 했다. 생고구마를 매일 껍질째 씹어 먹으면 암을 예방해준다는 한 유튜버 이야기를 듣고 '수십' 박스의 생고구마를 먹어치운 아빠였다. 나는 아빠의 '질리는' 끈기를 그대로 물려받았다.

자연 치유의 단점은 부작용이 없는 대신 빨리 호전되지 않는다는 것이다. 몸을 낫게 하려고 '이성'이 '식탐'을 끊임없이 감추고 억누르는 중에도 건선은 점점 더 심해졌다. '그런 꼴'을 하고 사람들을 마주하기가 두려워졌다. 얼굴을 자세히 들여다볼 수 있는 가까운 거리에서 누군가와 대면하는 것이 너무 부담스러워 나는 사람들에게서 점점 더 멀어지고, 고개를 숙였다. 하지만 나에겐 별다른 뾰족한 수가 없었으므로 내가 선택한 이 방법을 밀고 나가는 수밖에.

마음속 깊은 곳에서 자꾸만 고개를 내미는 식탐을 달래려고 나는 이전에 먹었던 것과 유사한 맛을 내는 음식을 만드는 '연구'를 하기 시작했다. 마음에 드는 요리책을 사들이고—우리집 책장 네 칸이 모두 요리책이다—채식 블로거들과 이웃을 맺었다. 많은 이들이 (아마도?) 그렇듯 주말이면 종종 라면으로 한 끼를 대충 때우거나 야식으로 치맥을 즐기던 나의 일상은 완전히 바뀌었다.

1년여를 철저하게 비건+그린 스무디로 살았던 나는 점점 몸이 변하는 것을 경험했다. 두피에 딱지가 덕지덕지 앉아서 머리를 감을 때마다 머리카락이 한 움큼씩 빠지고 군데군데 숭숭 구멍이 나 있었는데, 머리카락이 새로 자라

갓난아이처럼 삐쭉삐쭉 튀어나왔다. 벗겨도 벗겨도 각질이 생겨서 피부가 얇아지고 벌겋게 성이 나 있던 이마도 서서히 원래 피부로 돌아왔다. 귀 뒷부분에 흐르던 진물도 어느 순간 완전히 멈췄다. 2017년 발병하여 2년 넘게 투병—이라고 쓰니 조금 웃기기도 하지만—생활을 했던 나는 이제, 건선 완치인이다.

약을 쓰지 않고 버티며 모유 수유로 키우고, 음식으로 '불치병'이라고 알려진 건선을 낫게 할 수 있다는 강한 신념 아래 만든 식사를 하며 자란 내 아이는 독감에 걸려도, 코로나에 걸려도 딱 하루만 열이 나고 다음 날이면 멀쩡해지는 건강한 아이로 잘 자라고 있다.

입맛을 잃는다는 것

공윤경

엄마가 또 입맛이 없다고 한다. 한 번씩 입맛을 잃으면 안 그래도 바싹 마른 나무 장작 같은 엄마가 더 여윈다. 땀이 많고 더위를 유독 힘들어하는 엄마에게 여름은 그야말로 잔혹한 계절이다. 밥하는 게 귀찮고, 먹고 싶은 생각도 없고, 무엇을 먹어도 맛있지 않으며 심지어 배가 고프지도 않다니… 나로서는 도저히 이해 불가에 참말 환장할 노릇이다.

외할머니는 살아 계실 때 엄마와 통화하며 입맛이 없고 음식을 하기가 귀찮아서 못 해 먹겠다는 이야기를 자주 하셨다. 엄마는 반찬을 사서 먹으라는 둥, 빵을 좋아하니 아침엔 커피랑 빵을 먹으라는 둥 이런저런 잔소리를 했고, 전화를 끊고 나서 '할마시가 나이 들더니 게을러졌다'며 나에게 외할머니 흉을 보았다. 식구들에게 밥을 차려줘야 하는 것도 아니고, 혼자 먹는 거면 조금만 해도 되니 금방 되는데 못 해 먹을 게 뭐 있냐고. 지금 내 나이와 비슷한 40대 젊은 엄마가 그랬다. 그런데 이제는 엄마가 음식 하는 게 귀찮고, 입맛이 없다고 한다. 내가 젊은 시절 엄마처럼, 입맛이 없어도 뭐라도 먹어야 한다는 둥, 배달 음식이라도 시켜 먹으라는 둥 잔소리를 해대면 엄마는 외할머니 이야기를 꺼내며 "그땐 할마시가 게을러서 그런 줄 알았는데…" 하고 슬며시 뒤끝을 흐린다.

내가 어렸을 때 엄마는 하루 종일 쉴 틈이 없었다. 무릎을

꿇고 앉아 걸레로 집안 곳곳을 반들반들하게 청소하고
물건을 딱딱 제자리에 정리하고, 하얗게 빨래를 했다.
그리고 때마다 가족을 위해 식사를 준비했다. 생선, 어패류
등 바다에서 나는 생물을 유난히 즐기는 아버지를 제외하고
나머지 식구들은 입맛이 까다롭지 않고 무엇이든 잘 먹는
편이었다.

　　엄마가 카레를 하는 날이면, 나는 밥 말고 카레만 한 그릇
가득 떠서 먹고 또 먹었다. 잘게 썬 돼지고기, 감자, 당근,
양파 그리고 옥수수 통조림까지 재료를 듬뿍 넣어 한 솥 가득
끓인 엄마표 카레는 매일, 매 끼니 먹어도 질리지 않았다.
엄마도 나처럼 카레를 무척 좋아했다. 갓 지은 따끈한 밥에
카레를 부어 쓱쓱 비빈 다음, 신김치를 척척 얹어 맛있게
드셨다.

　　할머니가 마실 나간 주말에는 종종 라면을 끓여 먹었다.
엄마는 늘 국물에 달걀을 풀어서 면발과 달걀이 서로 엉겨
붙도록 고소하게 끓였다. 라면을 냄비째 거실로 가지고 오면
우리는 냄비 주위에 옹기종기 둘러앉아서 라면을 먹었다.
앞접시가 있어도 아무도 덜어 먹지 않았다. 서로 머리를
박고서, 젓가락이 부딪치는 소리를 챙챙 내며. 라면 건더기를
휘휘 건져 올려 후루루룩, 전투적으로 먹어댔다. 면 종류를
즐기는 엄마는 함께 라면을 먹는 것을 무척 좋아하셨다.
엄마는 늘 바빴지만 활력이 넘쳤고 식욕이 좋았다.

40대 주부인 나는 음식을 잘하고 먹기도 잘 한다. 이때 '잘' 한다는 것은 남들보다 요리 실력이 뛰어나다는 의미는 아니고, 음식을 손쉽게 한다는 것에 좀 더 가깝다. 우리 식구는 다들 먹성이 좋아서 일주일에 두세 번은 반찬을 만들어야 하고, 그것도 하루 이틀이면 다 동난다. 그래도 밥하고 반찬 하는 것이 그렇게 힘들지 않은 이유는 먹는 것을 좋아하기 때문이다. 나는 먹기 싫은데 남들―아무리 식구라 하더라도―먹을 음식을 억지로 만들어야 한다면 그것만큼 죽을 맛이 어디 있겠는가. 하지만 나는, 조, 수수, 기장, 보리, 율무를 넣어 밥만 먹어도 구수한 현미잡곡밥, 고소하고 짭조름한 콩나물, 아삭아삭한 식감이 좋은 청경채 나물, 야들야들하게 볶은 목이버섯에 내가 좋아하는 진주텃밭 표 손두부를 듬뿍 넣은 된장찌개로 소박하게 차린 밥상을 마주하면, 비록 모두 내가 손수 차린 것일지라도 행복으로 충만해진다. 내가 만들었는데, 그렇게나 맛이 좋다. 아니, 입맛이 없다는 게 어떤 것인지 도무지 이해할 수가 없다. 40대의 젊은 내가 그렇다.

식욕이 좋고 활기가 넘치던 엄마가 요즘 들어 종종 입맛을 잃는 것을 마주하고 나니 문득 친할머니의 죽음이 떠오른다. 할머니는 꽤 오래 투병 하다가 돌아가셨는데, '꼼짝없이 누워 움직이지도 못하면서 입맛은 살아 있다'고 엄마가 할머니 몰래 투덜거리곤 했다. 그런데 돌아가시기 전엔 차츰 입맛을 잃으시더니 곡기를 완전히 끊고는, 돌아가셨다. 이쯤 되니 입맛과 나이 듦, 죽음 사이에 어느 정도는, 꽤, 상관관계가 있다고 결론을 내려 본다. 그리고 다짐한다. 젊은 나도 견디기 힘든 이 뜨거운 여름날, 열대야에 밤잠도 설치고, 입맛이 통 없다는 엄마에게 이런저런 잔소리 대신, 앞으로 얼마가 될지 모르지만 엄마와 내게 남은 날을 좀 더 따뜻하게 보낼 수 있는 다정한 말을 나눠야겠다고.

내가 훔친 것

공윤경

나는 도둑년이다. '도둑년'이라고 내 입으로 불쑥 내놓고
아니 잠깐만, 이건 좀 너무 센가 싶다. 남의 물건을 훔치거나
빼앗는 '도둑질'이 얼마나 나쁜 행동인지, 그 결과가
어떤지를 잘 아는 까닭이다. 짐짓, 좀 더 부드러운 표현으로
바꿔볼까 싶다가도 '도둑년'이 아니라고 반박할 마땅한
이유가 없다는 것을 불현듯, 쓰게(苦) 깨닫는다. 당시에는
도둑질이라고 미처 생각지도 못했던 일이 지금은, 명확하고
뚜렷한 확신으로 나를 가리키며 '너는 도둑년'이라고
손가락질하고 있다.

나는 '나름' 어릴 때부터 책 읽기를 좋아하는 편이었고 교내
대회에서 가끔 글짓기 상을 받기도 했다. 매우 작은 시골
학교에 다녔기 때문에 그곳에서의 수상이 글쓰기 실력을
'증명'하는 이력이 된다고 하기에는 좀, 뭣하다. 그런데 한
살 아래인 내 동생은 나보다 더 책을 많이 읽고 글도 잘 썼다.
동생은 글짓기 대회에 나갔다 하면 상을 받았는데, 교내
대회뿐만 아니라 규모가 큰 교외 대회에서도 어김없었다.
분명 동생의 글쓰기 실력은 나보다 한 수 위였다.
　동생은 글쓰기를 비롯하여 공부며 운동이며 심지어
싸움까지 여러 면에서 나보다 잘하는 것이 많았지만
유독 글을 잘 쓰는 능력은 내 마음 깊은 곳에서 시샘의
대상이었다. 동생을 질투하는 쪼잔한 언니는 되기 싫어 여태

살면서 단 한 번도 내 마음을 입 밖에 내 본 적은 없지만.

한 학년에 두 반밖에 없는 작은 시골 학교를 졸업하고 시내에 있는, 한 학년이 열두 반씩이나 되는 큰 규모의 여고에 입학했다. 내가 다녔던 중학교에서 그 여고에 입학한 아이는 나뿐이었고, 그곳에서 나의 위상은 '촌뜨기'였다(시골 비하 발언이지만 당시 내 상황과 꼭 들어맞는 말이다). 다소 어리숙하고 순진한 시골 아이들과 달리 약고 새침한 여학생들 사이에 홀로 뚝 떨어진 나는, '위상'을 높이는 일이 시급했다.

학기 초, 선배들은 1학년 교실을 돌며 신입생 모집을 위해 동아리 홍보를 하고 다녔다. 내가 가입하고 싶었던 동아리는 문예부였다. 문예부는 방송부를 비롯해, 몇 안 되는 학교 공식 동아리로, 경쟁률이 세서 합격하기가 어렵다고 했다. 말 잘하는 문예부 선배들은 하나같이 똑똑해 보였고, 그래서 더 우러러보였다. 가입만 하면 저절로 글도 술술 써질 것 같고, 촌뜨기라는 나의 위상도 '문예부'가 갖는 위상처럼 올라갈 거라는 생각이 들었다. 문예부에 반드시, 꼭, 들고 싶었다. 아니, 들어야만 했다.

문예부에 가입하기 위해서는 글을 써서 제출해야 했다. 그러나 내 마음에도 들지 않는 글이 어떻게 문예부 선배들 눈에 들 수 있을까 하는 물음표를 가득 찍으며 나는 쓴 글을 번번이 구겨 쓰레기통으로 내던졌다. 아무리 해도 글이 잘 써지지 않았지만 문예부 합격을 향한 욕망은 가라앉지 않았다. 동생에게 문예부에 꼭 들어가고 싶어서 그러니 제발 네가 쓴 글 한 편만 달라고 부탁했다. 동생은 선뜻 자기가 쓴 시 중에 하나를 골라 건넸고 나는 그 시를 제출했다. 그런 '짓'을 해서라도 문예부라는 타이틀을 달고 싶었던 절박하고 간절한 나의 바람과 달리, 결과는 탈락이었다. 면접에서 점수가 깎였을까? 분명 '잘 쓴' 글이었는데. 경쟁률이 센 동아리라는 문예부 명성이 탈락한 나의 자존심을 그나마 세워주었다.

　　문제는 그 다음이었다. 학교 문집을 만드는데 내가 예전에 제출한 글을 실어도 되겠냐고 문예부 선배들이 나를 찾아온 것이다. 깊이 고민도 하지 않고 선뜻, 그러나 무심한 척 그러라고 허락한 것은 나를 떨어뜨린 선배들에게 '내'가 '제출'한 글이 괜찮게 보였다는 것에—내가 쓴 것도 아니면서—우쭐하고 오만한 마음이 들었기 때문이다. 그렇게 동생의 시는 '글쓴이 : 공윤경'으로 둔갑한 채 학교 문집 한 페이지를 떡하니 차지하여 '만천하'에 공개되었다. 이상했다. 뚜렷하게 내 이름이 인쇄되어 나온 문집을 볼 때마다 이상야릇한 감정을 느꼈다. 글을 내어줄 때의 오만함은 사라지고 분명히 어딘가가 간질간질한데 그곳이 정확히 어디인지를 찾지 못해 여기저기 살집이 벌겋게 될 때까지 긁어대도 하나도 시원하지 않은 것처럼, 아무리

닦고 또 닦아도 도무지 투명해지지 않는 스크래치 가득한
안경알처럼 '글쓴이 : 공윤경'이 박힌 그 문집은 나에게
찝찝하고도 뿌연, '불분명한' 감정으로 남았다.

　　이듬해 동생은 나와 같은 여고에 입학했고 나와 같은
절차를 거쳐, 그러나 나와는 달리, 문예부에 합격했다.
누가 봐도 잘 쓴 글을 써내고, 문집을 만들며 문예부에서
활약을 펼쳤다. 언제였을까? 같은 방을 썼던 동생의 책상
위에 일기장이 펼쳐져 있었다. 일부러 나 보라고 펼쳐 놓은
것처럼. 동생은 자리를 비웠고 나는 그 일기장을 몰래
훔쳐보았다. (세상에! 나는 정말 도둑년에서 벗어날 수 없나?
하지만 변명하자면 평소에도 그랬던 건 정말 아니었다.) 그
페이지에는 언니에게 자기 글을 내어준 것에 대한 후회와
속상함이 낙서처럼 휘갈겨져 있었다.

　　화가 났다. 싫으면 그때 싫다고 말하지, 지가 줘놓고서
이제 와서? 가슴이 쿵쾅거리고 머리끝까지 열이 올랐다.
속이 좁다고 동생을 탓했다. 지금 생각하면 너무 어이없지만
당장 따지고 싶은 마음까지 들었다. 잘못은 내가 해 놓고.
하지만 일기를 훔쳐본 것을 당당하게 말할 수 없었던, 그나마
살아 있던(?) 일말의 양심 덕에 동생에게 차마 내색할 수는
없었다. 흐지부지 그렇게 시간이 지나갔고 그 일은 기억 속
깊은 곳에 감추어져 있었다.

　　그런데 문득, 20년도 더 된, 케케묵은 그 일이 왜 갑자기

떠올랐을까? 살림글쓰기를 시작하면서 남몰래 동생을 시샘하며 글을 잘 쓰고 싶었던, 잊고 있었던 오랜 욕망이 다시 내 안에서 꿈틀거렸다. 하도 벌려놓은 일이 많아서 여유가 별로 없지만, 최대한의 시간을 글쓰기에 '바쳤다.' 잠도 줄여가며. 하지만 여전히 글쓰기는 쉽지 않았다. 조각 조각 숨어 있는 '거친' 기억을 헤집어서 쓸 만한 꺼리를 이것저것 끄집어내어 나열한 뒤, 잘 분류하고 섞기도 하고 요리조리 '매끈하게' 다듬어서 기어이 한편의 완성된 글로 만들어내기까지 과정이 참으로 힘겨웠다. 몹시 오랜만에 '나 글 쓴다이!' 하고 제대로 각 잡고 글을 써 보니, 잘 썼든 못 썼든 쉽게 써내려 가는 글은 없었다. 이제 중년이 되어 고심하고 앓듯이 써 보니 글은 그냥 써지는 것이 아니고 그 사람의 지나온 경험과 시간이 차곡차곡 쌓인 것이었다. 글은 그 사람 '삶' 그 자체였다.

그러므로, 나는 '도둑년'이었다. 아무런 죄책감도 없이 동생의 '삶'을 훔친. 동생은 '자기' 글이 버젓하고 뻔뻔하게 언니 이름을 달고 수많은 사람에게 읽혔다는 것을 문예부 활동을 하며 뒤늦게 발견했을 테고. 선한 의도를 가지고 스스로 글을 내어준 잘못 아닌 잘못으로, 차마 언니에게 자기 마음을 솔직하게 이야기할 수 없었을 것이다. 나 보라고 부러 일기장을 펼쳐 둔 건지 어쩐지 알 수는 없지만, 그날 훔쳐본 일기에는 소중한 것을 빼앗겼고 누가 가져갔는지도 명확히 알고 있지만 다시 되찾아올 수 없는 울분이 서러움과 뒤섞인 채로 생생하게 묻어나 있었다. 동생 마음을 읽고도 미안해하기는커녕 오히려 펄펄 뛰며 화를 냈던 나였다. 나의 살림글을 한 편 한 편 힘겹게 내어놓으며 이제사, 부끄럽다. 잔뜩 날이 서도록 시퍼렇게 칼날을 갈아 나를 겨누고 '도둑년'이라고 날카롭게 쏘아붙인다. 도둑년! 이 도둑년!!! 한 획, 한 획이 모두 작은 칼날이 되어 나에게 와 박힌다. 아프고, 쓰라리다. 동생 목소리가 듣고 싶다. 니는 괜찮나?

www.youtube.com/
@awouldbepoetsvlog2240

김원호

나는 조회수 100회를 웃도는 영상 네 편을 가진, 무려 구독자가 15명인 유튜버. 주요 콘텐츠를 소개하자면, '옥상에서 시집 읽기', '산에서 시집 읽기' 등 특정한 장소에서 시집을 읽는 모습을 보여 주는 어느 시인 지망생의 브이로그쯤이다.

라고 하기엔 2년 전에 올린 영상 네 편이 전부라서 죄송합니다 하고 나를 믿고 소중한 구독 한 표 선사해 주신 분들께 이 자리를 빌려 심심한 사과 말씀 전하고 싶다. 이 게으른 주인장을 용서하십사, 나를 향한 질타를 보내고도 싶다.

언제, 무엇을, 왜, 나는 시작했던가? 시나브로 실감하는 오랜 나의 결정 앞에서 종종 이러한 물음들을 마주할 때가 있다. 책을 읽기 시작한 일. 아침 운동을 시작한 일. 시를 쓰기 시작한 일. 그리고 유튜브를 시작한 일 등등. 앞서 내린 판단에 자답하는 것이 어렵지는 않았다. 그러나 유튜브를 시작한 일, 아무래도 그것만은 내 판단의 영역을 벗어나서 저 홀로 꽂혀 있는 깃발만 같다.

그곳으로 바람이 불어온다,
나는 저 깃발이 나부끼는 양태를 본다.

태양초처럼 시뻘겋던 색이 2년의 풍파를 견뎌내며 곳곳이

찢어진 채 희게 바란 천. 그런데 말이다, 내가, 왜, 깃발을, 지금, 보고 있는가? 나, 어쩌다가 유튜브를 하게 되었지? 유튜브를 '했다'고 할 만큼 해 본 적도 없으면서. 이런 고민을 다 하고 있는 것일까, 대체 왜?

시를 읽고 쓰고 나누는 게 나는 참 좋다. 그래서 처음에는 그런 콘셉트로 유튜브를 시작해 볼까 정도로만 생각했다. 내가 시를 읽고 쓰고 나누고 있다는 사실을 누군가도 알았으면 하는 마음이랄까.

어떤 영상을 올리면 좋을지 고민하다가 옥상으로 갔다. 산으로 갔다. 스터디카페에 갔고, 멀고도 가까운 거실 책상 앞에 앉아 보기도 했다. 여기저기 깃발을 꽂고 다니면서 내가 시를 읽고 쓰는 공간을 확장해 나가며 익숙해지고 싶었기 때문이다. 그리하여 물적이고 정신적인 구애들을 다 끊고서 혹은 끌고서 시를 하는 사람이 되어 있기를 바랐다.

지금 생각해도 웃기고 이상한 결심이다. '그래서, 그게 뭐가 그렇게 중요한데?'부터 '그런 것들이 과연 유효한 실천인가?'까지. 산속에다 삼각대를 설치하고 휴대전화 카메라로 나를 담는 둥, 당시를 떠올리자면 나 스스로 의구심이 드는 엉뚱하고(천재적인 뉘앙스를 덧붙이지 않는, 그야말로 순도 높은 '엉뚱') '무식한' 사건이다. 자다가 이불을 뻥뻥, 찰 법한데도.

아직 영상들을 내리진 않고 있다. 그 이유는, 일단

다시 봤을 때 문자 그대로 웃기기도 한데다가, 한편으로는 어느 순간 그다음 독서 장소를 물색하고 있는 나를 봤기 때문이다. 그리고, 어쩌다가 유튜브에 영상을 올렸는지 여전히 모를 일이지만, 언제든지 계속해서 이어나갈 수 있을 거라는 것. 그래서 가끔은 좋은 가격의 4k 카메라나 핸디캠 따위를 쓸데없이 알아보기도 하지만, 미루고 미루어지는 고퀄리티의 다섯 번째 '○○에서 시집 읽기'가, 아마도, 근 미래에 있다는 것. 무엇보다 15명의 감사한 구독자들을 실망시키고 싶지는 않기 때문에 나는 나를 언제까지나 유튜버 하고 불러 보는 것이다.

하루하루는 그리하여 제 이름을
잃어버리는 것

이지원

나의 진짜 여름은 아이들의 방학과 함께 시작된다. 밖에서 엉덩이의 진동으로 귀청을 때리는 매미 소리 못지않게 또 다른 엉덩이들의 몸부림이 내 일상을 뒤흔들고 있다. 미취학 아동들이 하나둘 학교에 입학하고 '학부모'라는 존재가 된 후로 방학이 얼마나 무시무시한 시간인지 해마다 체험한다. 그 느낌은 반복된다고 결코 작아지지 않았다. 개학날이 돼서야 찐—했던 우리들의 여름이 한풀 물러났음을 느끼고 안도의 숨을 쉬니 말이다.

방학이 시작되자마자 노트북을 한 번도 펼 수 없었고 살림글을 쓸 시간조차 내지 못했다. 아이들이 나를 귀찮게 하거나 더 힘들게 하는 것은 아니다. 그런데 나는 왜 방학만 되면 이토록 긴장과 예민함, 욕구불만을 경험하는 것일까. 다만 저들은 학교에 가지 않는 자유로운 시간을 만끽하고 싶은 것뿐이지 않은가. 예를 들어 막내의 계획표를 보자면 아침밥 2시간, 자유시간 2시간 연이어 놀이 2시간 그리고 휴식 2시간이다. 각기 다른 이름으로 나눈 8시간은 한결같이 '뒹굴뒹굴하기'와 '누나들과의 기싸움', '영상물 시청'으로 채워진다.

아이들이 자신의 시간을 스스로 계획하고 누릴 기회는 방학뿐이다. 그런데 부모인 나는 그들이 시간의 주인이 되도록 허락하지 않고 있다. 어리석은 부모 모습이 드러나고 만다. 게으름도 실패도, 무료함도 스스로 넣어보고 빼내어 볼 수 있도록 기회를 주어야 한다는 당연한 문장이 내 머리를 콩 쥐어박는다. 아무것도 하지 않는 것은 무의미하다고 여기는 나의 강박. 그 불안함을 아이들에게까지 들이대고 있었다. 알고 보면 저토록 아무 목적 없이 자유로운 아이들의 방학에 너무나 많은 의미를 부여하려는 엄마의 마음이 방학을 지치도록 뜨겁게 만드는 것이었다.

그렇게 방학 일주일이 지나가고 거의 열흘 넘게 내 마음을 훑어보지 못한 '어떤 간지러움'에 등을 긁으며 잠이 깨었다. 새벽 4시의 글쓰기가 시작된다. 낮게 선풍기 돌아가는 소리, 쌕쌕 고르는 달큰한 숨소리. 아이들의 이마에 붙은 잔머리를 쓸어 넘겨주고 야반도주하듯 거실로 기어 나온다. 생각의 부스러기들이 우수수 키보드 위에 떨어지자 무엇부터 주워 담을지 모르겠다. 잠시 옆에 놓인 책을 펼쳤다. 신기하게도 이 책은 해마다 무의식적으로 책장에서 꺼내 읽는데 정말 아무 생각 없이 책장을 펼칠 때마다 자꾸만 109쪽이 열린다. 중간 부분에 이렇게 적혀 있다.

'그것이야말로 그의 신념이었고, 만약 그것을 조금이라도 의심해야 한다면 그의 삶은 무의미 해지고 말 것이었다. "당신은 내 삶이 무의미해지기를 바라는 겁니까?" 그가 외쳤다.'

알베르 카뮈 《이방인》 2부 초반 장면이다. 뫼르소와
대화하는 예심판사가 자신의 믿음을 내세우며 외치는
말이다. 이 구절을 보자 스스로 만든 '의미의 감옥'에서
창살을 붙잡고 외치는 내 모습이 비쳤다. 알고 보니 감옥에
갇힌 자는 뫼르소가 아니라 신념으로 삶의 의미를 붙잡는
판사와 의미 부여로 삶의 신념을 만들었던 나 자신이었다.
오밤중에 쾌락 독서의 짜릿함을 느낀다. 그래, 이제부터
방학의 진정한 의미를(또 습관적인 의미 찾기) 온전히 누리고
있는 아이들을 그냥 내버려둬야겠다. 이런 마음으로 방학과
함께 하루의 경계가 사라진 지난주를 떠올리다 작품 속 또
다른 글귀를 이 글 제목으로 달았다. 뫼르소가 감옥에서
느끼는 나날을 표현한 부분이었다. 그는 이름을 잃어버린
하루하루를 온전히 받아들이고 있었다.

　어쩌다 보니 노트북에 '살림6'만 써놓은 채 책을 끝까지
읽어버렸다. 어느새 부엌 창밖으로 새소리가 스며들고
있다.(5시 34분) 한밤중 혼자 야식을 까먹듯 읽었던
뫼르소의 문장들이 점차 소화되고 있다. 마치 '육체적
욕구에 감정이 방해받는 일이 많은 천성'이라던 그의 말처럼
나도 점점 다리가 저리고 날이 밝아 오니 이제야 깊은 잠에
들고만 싶은 것이다. 나는 그동안 인간 문명이 정해준 하루
24시간이라는 경계를 착실히 지키며 살아왔다. 반복적인
삶에 의미를 달아두는 것이 일상의 권태로움을 극복하는

방법이라 여겼다. 그래서 언제부터인가 그 경계선마다
생각을 모아 이름과 의미를 담아두었다. 아이들의
'여름방학'이란 그 모든 것을 허물어버리고 만다. 그런데
오늘 밤 이것이 나에게 또 다른 의미의 '방학'일 수도 있다는
생각이 새벽 별처럼 스친다. 무언가를 내려놓는 시간. 이름을
붙일 수 없는 하루하루가 지나고 우리들의 여름방학은
특별할 것도 없이, 아무 의미도 없이 지나갈지 모른다.

그러면 뭐 어때. 방학이잖아. 씁쓸하면서도 개운한 녹차
한 모금이 입안에 퍼진다.

우산이 좋다

강민지

살면서 어떤 선택은 크고 작은 전환점이 되어서 인생에 소소한 재미를 준다. 작지만 소중하고 귀한 경험. 그건 서점에서 일하면서 시작되었다. 그곳에서 일하면서 책에 관심이 생겼고 독서로 이어졌다. 글자는 나에게 안정제 같다. 기분에 마음이 파묻히기 직전에 책을 읽으면 서서히 고요해진다. 너무 고요해진 나머지 잠이 오는 게 단점이지만.

서점에서 일하다가 만난 친구가 있다. 나보다 한 살 어린데 시간이 흘러 내가 그곳을 관두고 곧이어 친구도 그만뒀다. 여기까지만 보면 스쳐 지나가는 인연인데 시내에서 다시 만나게 되었다. 다음에 한번 밥이라도 먹자는 흔한 인사를 하고 며칠 뒤 친구에게 만나자는 연락을 받았다. 그 연락이 새로운 장소를 만나고 내 세계가 넓어지는 계기가 된다. 친구와 동네 카페에서 만났는데 집에서 3분 거리였다. 가깝고 좋은 카페를 알게 되다니. 그 뒤로 매주 방문했다. 매우 힘든 시기여서 그런지 자주 카페로 갔고 거기 있을 때는 편안했다.

어느 날 그곳에서 어떤 남자를 알게 되었는데 나에게 한 가지 제안했다. 밴드를 하게 되었는데 거기서 보컬을 해보는 게 어떠냐는 제안이었다. 어렸을 때 나에게 노래 부르기란 부끄러움이었다. 음악 시간 반 애들 앞에서 노래 부르는 것도 부끄러웠고 친구들과 노래방에서 부르다가 삑사리 나서 친구가 박장대소를 하는 흑역사를 만드는 행위가 노래

부르는 것이었다. 거절하는 게 자연스러운데 신선하게
느껴졌다. 나는 잠깐 고민하다가 바로 수락했고 며칠 후
'우산'이라는 곳으로 갔다.

대학교 캠퍼스 근처에 있는 우산은 지하에 자리한
작은 라이브 바로 규모는 크지 않지만 내가 제일 좋아하는
장소이다. 새로운 인연이 생기는 곳이기도 하다. 사람들
앞에서 노래를 부르는 게 처음에는 엄청 힘들었다. 예술이란
뒤로 물러서지 않고 앞으로 나아가 춤 또는 노래로 자신을
표현하고 크게 표현해야 하는 곳에서는 크게 잘 표현하면
된다. 머리로는 알면서도 잘 되지 않았다. 보이지 않는
천장이 소리를 앞으로 나아가지 못하게 막아 놓은 것 같다.
내 목소리를 좋아하는 분도 있었다. 우산에서 구 사장님과
여러 친구들도 만나고 항상 나에게 예쁘다고 해주는
륜휘도 만났다. 함께 창원에 가서 노래를 부르기도 했다.
진주에서 활동하는 다른 가수들도 만났다. 내 인생은 항상
제자리걸음인줄 알았다. 뒤로 가진 않지만 앞으로도 가지
않는 꽉 막힌 삶. 그걸 뚫어준준 곳이 우산이었다.

진주에는 우산 말고도 매력적인 곳이 있다. 시내에 있는
'다원'과 호탄동에 있는 '부에나비스타', 문화예술 공연장
근처에 있는 '목요일 오후 네 시'라는 카페에서 작지만
에너지 넘치는 공연들을 한다. 이 재미난 곳을 자기들끼리
알다니 조금 치사한 마음도 있었다. 지금은 구 사장님이

떠나고 나에게 보컬을 제안한 준우 오빠가 우산 사장님이다.
어떤 날은 왁자지껄하고 어떤 날은 아무도 없어서 조용하다.
사장 오빠에겐 죄송하지만 난 아무도 없는 조용한 우산이
좋다. 맥주 한 잔 마시며 책을 좀 보다가 집에 갈 때도 있고
같이 노래 하기로 한 교수님과 부를 때도 있다. 안정감을
주는 단골 가게가 있다는 사실이 마음의 지지대가 될
때가 있다. 나에게 가장 편안한 곳이자 열정적이며 좋은
사람들(가끔 아닐 때도 있지만)이 많은 우산이 좋다.

뒷자리글

"해도 그만이고 안 해도 그만인 일이 둘레를 새롭게 바라보게 하고 더 나아갈 수 있게 돕는다 여깁니다. 살림도, 글쓰기도 그런 면이 조금씩 있지 않나요?

모임이 끝난 후 함께 했던 자리를 되돌아보며 글을 씁니다. 늘 '후기 쓰기'가 다음 걸음을 이끌어주었습니다. (후기[後記]를 뒷이야기나, 뒷자리 이야기로 살려 씁니다.) 옛 노랫말처럼 '연극이 끝나고 난 뒤' 남은 건 외로움과 쓸쓸함이 아닙니다. 뒷자리 이야기를 쓰면 다시 새롭게 나아갈 수 있습니다.

저는 언제나 뒷자리 이야기(후기)를 쓰는 이를 눈여겨보고 배움을 구했습니다. 여러분들도 모임이 있는 어디서든 뒷자리 이야기를 써보세요. 써도 그만이고 안 써도 그만인 글이 나를 북돋고 모임에 이바지합니다."

—〈살림글쓰기〉 모임 단톡방에 올린 글_2024. 7. 6.

매듭은 리본으로

이지원

1. 응시하는 힘

원호 님의 기다렸던, 궁금했던 시를 읽고 아무 말도 생각이
나지 않았다. 뭐지, 멋진 시라고 해야 할까, 대단하다고 해야
할까, 어렵다고 해야 할까, 이 부분에서 뭔가 느껴졌다고
해야 할까. 아무래도 이런 반응들은 아무 필요가 없을지도
모른다는 생각에 시를 내려두고 조금 시간을 두었다가
읽어보았다. 여전히 내 마음에서는 응답할 수 있는 단어가
떠오르지 않았다. 어쩌면 시인은 처음부터 말을 걸려고 시를
쓴 건 아닐지도 모른다는 생각이 천천히 들었다. 그러니까
억지로나 예의로 애매한 응답을 할 필요가 없다고. 그렇지만
난 지금까지 글을 쓰면서 내 글을 읽는 사람들에게 늘 말을
걸었고 어떤 반응을 기다렸다.

사람들은 그에게 물었다. 시를 어떻게 공부하는지, 어떻게
이런 글이 머릿속에서 나오는지, 책을 많이 읽었는지. 어떤
물음에도 분명한 대답은 없었다. 시간이 조금 지나 벗님의
시에서 내가 아무 말도 떠오르지 않았던 이유를 찾았다.
그건 시에 꾹꾹 눌러 담은 '시선의 힘'이었다. 어느 날, 어느
곳, 누군가를 바라보는 시선이 질기고 진하다고 해야 할까.
비어 있는 상가 건물을 보고 암자를 떠올리거나, 글쓰기
모임 하는 모습에 깊은 우물을 떠올리는 것처럼 한참을
바라보고 지긋이 마음이 머물러야 나올 수 있는 글이었다.
나에게는 그런 태도가 정말 부족하다. 유튜브 숏츠 중독자도

아닌데 내 생각은 단편으로 조각나고 빠르게 스쳐 가거나 잠깐 반짝이는 것들뿐이다. 나는 그런 시선들을 주워 모아 어찌저찌 글로 엮고 있었다. 마음을 한곳에 지긋이 머물게 하고, 바라보고, 음미하는 시선이야말로 벗님의 시 공부이고, 글의 비결이고, 글의 힘이 아닐까. 글과 말로 옮기기 전에 조금 더 머물고 기다리는 마음. 나도 그런 마음으로 글을 써야겠다.

2. 갈아엎지 않은 땅

어느 일요일 오후 4시, 내 앞에 앉은 소녀가 '밭을 갈지 않고 어떻게 농사를 짓느냐'고 물었다. 함께 읽는 기후위기 관련 책에서 땅을 망가뜨리지 않고 계속해서 농사를 짓는 방법으로 낯선 낱말이 나왔기 때문이다. 소녀는 자신이 알고 있는 당연한 사실로 도저히 이해할 수 없어 나에게 물었다. 나는 그 부분을 그냥 아무렇지 않게 읽고 넘겼는데, 잠시 생각해 보니 정말. 어떻게 밭을 갈아엎지 않고서 씨앗을 뿌린다는 거지?

고무신을 신고 짧은 반바지를 입었다. 허리까지 닿을 것 같은 긴 머리는 숱이 적고 구불구불하다. 등 뒤로 묶은 머리가 꼬리처럼 흘러 내려온다. 어깨에는 천으로 만든 손가방 4개가 걸려 있다. 양쪽으로 두 개씩. 가방에서는 주섬주섬 공책 여러 권이 하나씩 튀어나온다. 마술사가 검은 모자에서 토끼랑

장미를 꺼내는 줄 알았다.

그는 우리말을 다듬고 고치고 새로 쓰는 일을 하는
사람이다. 그런데 그건 사람을 바꾸는 일과 같고, 그렇다면 저
사람… 큰 그림을 품고 있는 게 아닌가. 사람이 바뀌면 세상도
바뀔 테니까. 결국 세상을 바꾸려고? '당신은 혁명가가
아닙니까? 작은 마을에 살면서 나라를 뒤흔들 엄청난
일을 꾸미고 계신 거네요!'라고 숨바꼭질하다가 숨어있는
친구를 발견한 것 마냥 소리치고 싶었다. 찾았다! 꾀꼬리!
그러나 나는 숨을 고르고 나긋한 태도로 말을 빙빙 돌려가며
질문했다. 사람들은 보통 질문을 할 때 듣고 싶은 답을 이미
마음에 품고서 묻는다. 나는 '맞아요, 나는 이런 세상을
꿈꿔요. 그래서 이런 일을 하는 거지요.'라는 그의 답을 품고
있었다. 그가 그리는 평화롭고 따뜻한 세계를 들어보길
기대했다. 그런데 오히려 '꿈'이라는 낱말로 우리에게 글을
써보라고 종이를 건넨다.

손바닥만 한 하얀 종이를 받고 머뭇거리다 보니 '제발
당신의 꿈이 무언지 말해주지 마세요. 절대로요.'라고 적고
싶었다. 어떤 꿈은 말과 글로 쉽게 담을 수 없다는 생각이
뒤늦게 들었기 때문이다. 누군가의 꿈을 너무 쉽게 묻고,
너무 쉽게 이해하는 척(아~ 그렇군요) 말하고, 너무 쉽게
잊어버리는 오만하고 가벼운 나의 태도가 참을 수 없을
만큼 부끄러웠다.(5분 전의 질문을 다시 돌릴 수 있다면.)

후회하는 마음으로 종이에 '꿈은 말할 수 없는 것'이라고
몇 자 적었다. 그리고 잠시 후 나의 부끄러운 질문에 대한
응답. '나의 꿈은 무엇입니다'라는 말이 아니라 '나는 나
자신을 계속해서 갈아엎고 있습니다'라는 마지막 문장. 그건
나에게 바위였을까, 호미였을까. 그 말은 분명 내 머리나
심장 어디쯤에 꽝 부딪혔는데. 그래서 어디인가 금이 가고
그 틈으로 무언가 조금씩 흘러나오고 있는데. 나는 이제껏
나 자신을 갈아엎지 않은 채 얼마나 많은 씨앗을 함부로
뿌려대고 있었는지, 지금까지 작은 열매 하나 얻지 못하고
지쳐 있었는지. 눈물 비슷한, 엉엉 울 수도 없는 후회와
부끄러움이 며칠째 흐르고 있다.

   3. 꽈리고추와 해바라기
경주 님이 손수 가꾸고 거두신 꽈리고추를 나눠 주셨다.
며칠이 지나 막창과 함께 양배추, 마늘을 넣고 볶았다.
와인 한 모금을 마시고 식탁 가운데 놓여 있는 해바라기와
꽃을 바라본다. 모임은 마무리가 되었는데 아직 내 마음은
매듭을 짓지 못했다. 나는 늘 그랬다. 시작은 쉽게 하고
매듭은 어려워하는. 일도 관계도 그랬다. 아이들은 오랜만에
식탁에 놓인 꽃을 보고 예쁘다며 모여들었다. (나는
선인장과 다육이도 잘 죽이는(?) 사람이라 집에서 관상용
식물을 볼 수가 없다.) 경주 님 덕분에 그날 저녁 아이들은

해바라기 얼굴이 정말 신기하다고 한참을 바라보고, 꽃잎이 보드랍다고 만지작거리며 밥을 먹었다. 경주 님이 글쓰기 모임을 생각하며 손수 다듬었을 꽃들이 우리집 식탁에 놓여 있으니 마치 글쓰기 모임이 우리집에서 열린 것 같은 느낌이 든다. 이어지는 글쓰기 모임이 확정되지 않아서 이대로 스르륵 단톡방에서 나가 사라졌다가 어디서 우연히 만나면 그 반가움은 어떻게 표현할까. 이 관계는 뭘까. 한때 잠시 일기를 나눠 본 사이? 어쩐지 어색하다. 매듭을 짓는 내 마음은 어설프기만 하다. 꽈리고추의 맵싹한 향기가 막창의 비린내를 제대로 잡았다. 아삭하고 톡톡 터지는 식감은 입안에서 쫄깃한 막창과 박자를 맞춘다. 해바라기는 아직 시들지 않았고, 화요일이 마감이었던 글쓰기는 습관이 되어 오늘도 (월요일) 자정을 넘기며 쓰고 있다. 아무래도 나는 리본을 능숙하고 예쁘게 묶지 못하겠다.

조르바가 아니다

이지원

살림글쓰기 첫 모임에서 나는 '조르바'라고 나를 소개했다. 갑자기 불릴 이름을 생각하다가 《그리스인 조르바》가 생각나서 그 유명한 이름을 용감하게 말했다. 가본 적 없는 크레타섬 앞바다를 상상하고 거칠 것 없었던 자유인 조르바를 동경했기 때문이지만 나의 일상은 전혀 달랐다. 바다와 너무 먼 육지, 작은 산으로 둘러싸인 시골에 살고, 자유와는 너무나 먼 아이 셋을 육아 중인 아줌마였으니까. 사실 앞의 두 글자 '살림'이라는 단어는 제대로 알아채지 못하고 '글쓰기'라는 글자에 이끌려 이 모임을 신청했다. 어쩌면 나는 살림이라는 단어를 무의식중에 모르는 척했을지 모른다. 친정에서 멀리 떨어진 곳으로 시집와서 주변 도움 없이 아이 셋을 낳고 키운 지 13년이 되었다. 나에게 살림은 잠시 접어두거나 잊고 싶은, 매일 혼자 감당해야 할 무거운 짐으로 느껴졌다. 흔한 반찬 가게도 없는 시골에서 저녁 반찬을 준비하지 못해 발을 동동거리고, 가끔 멸치볶음 한 접시라도 이웃이 만들어주면 넙죽 감사하게 먹어치웠다. 아이가 어릴 땐 막내를 업고 큰아이 밥을 챙기며 둘째를 떠먹이고 나면 내 옷에는 밥풀이 말라붙어 있기 일쑤였다. 아침마다 돌덩이같이 무거운 몸을 일으키면 내 앞에는 커다란 살림 더미가 매일 새롭게 쌓여가고 있었다.

'살림'을 쓴다? 그동안 내가 좋아하는 책의 멋진 구절에서는 살림의 냄새를 맡아보지 못했다. 살림과는 먼,

닿지 않을 것 같은 저곳의 어렴풋한 것들을 문장으로 만났을 때 설렘과 묘한 끌림을 느꼈다. 육아 틈틈이 무너져가는 몸과 마음을 일으켜 책장 사이로 도망쳤다. 아이들에게 책을 읽어주는 엄마보다는 책에 빠져 계란 후라이를 태우는 엄마였으니까. 첫 모임 후 일주일에 한 편씩 글을 쓰는 과제를 받았다. 글감을 찾기 위해 살림을 들여다보는 건 처음이었다. 40대 주부 일상에서 즐겨 가는 동네 목욕탕과 집 앞 산책로, 이웃집 가게 아주머니, 아이들의 방학을 들여다보고 내 이야기를 썼다. 책장을 펼치는 대신 늘 접어두었던 내 삶이 앞에 펼쳐졌다. '엄마가 되었으니 그냥 하는 거지, 하다 보니 이렇게 된 거지.'라는 건조하고 납작했던 내 일상을 글로 펼치자 별사탕 같은 의미들이 떨어진다. '아, 나는 지금 여기에 있구나.'라는 자리가 흔들렸던 내 존재를 붙잡아주었다. 현실을 버겁고 답답하게 느끼는 사람은 자신을 현실 저 멀리 동경의 세계에 데려간다. 현재를 기꺼이 받아들이지 못하고 자꾸만 나와 거리를 두고 잃어버린 길을 헤맨다. 그런 내가 살림 글쓰기를 하면서 조금씩 나와 가까워지는 느낌이었다. 그리고 어수선했던 주변이 어느새 따뜻하고 조용해졌다. 오래 접어두었던 종이학을 폈을 때 만져지는 주름, 접힌 자국에서 느껴지는 온기처럼. 손과 마음을 쓰는 곳에 내가 있었다.

글쓰기는 나를 고독한 혼란 속으로 데려갈지 모른다는

두려움. 깊은 바다로 잠수하고 숨을 참아내야 한다는 부담감. 내 앞에 놓인 글쓰기는 늘 나를 삼킬 듯한 파도로 유혹하고 있었다. 거칠 것 없던 조르바를 보며 크레타섬으로 나를 던지고 싶었다. 그래서 내 일상은 아슬아슬했고 접히는 순간들은 늘어났다. 나는 걸친 것이 많고, 주렁주렁 벌인 일과 관계, 책임에서 자유롭지 않다. 자유를 꿈꾸는 게 아니라 누릴 수 있을까. 한여름의 글쓰기 모임이 끝나고 한참이 지나서야 나는 조르바라는 이름을 뗀다. 꿈꾸면서 접었던 종이학을 다시 펼치고 주름 속에 있는 나를 풀어준다. 바다는 날 여전히 유혹하지만 이제는 살림이라는 배를 타고 낑낑 노를 저으면서도 바다를 누릴 수 있다. 나는 조르바가 아니다.

121   회복하는 글쓰기   뒷자리글

살림잔치

―살림글쓰기 뒷자리 이야기(2)

김대성

바쁜 나날 속에서 글 쓰는 짬을 마련하는 게 저절로 되지 않는다는 걸 압니다. 매주 올려주시는 살림글을 읽으며 이번 주도 보이지 않는 어깨싸움을 했겠구나 싶어요. 어떤 사람을 밀어내고 그 자리를 차지하려는 어깨싸움이 아니라 금세 사라질 수도 있는 느낌과 생각을 쟁여보려 작은 틈을 내는 애씀 말입니다. 저마다가 보이지 않는 어깨싸움을 하며 일군 작은 틈에서 쓴 살림글을 내어놓기에 여기 모인 누구나 넉넉하게 누릴 수 있는 것이겠지요. 살림글쓰기 모임이 작은 잔칫날처럼 느껴지는 이유가 여기에 있다 생각합니다. 일구고 보살핀 살림을 내어놓는 것만으로도 잔칫상이 차려집니다. 이 살림잔칫상에서 내 마음만 들여다보거나 남들과 비교하지 말고 느긋하고 넉넉하게 바라보며 이 자리를 누렸으면 합니다.

원호 님이 올려주신 〈자퇴를 돌아보며〉에서 눈길을 끌었던 건 새소리입니다. "쪼로로록 쪽쪽쪽", "까악 까아악", "뻐국 뻐국", "쵸쵸쵸", "호옹 호오옹" 새소리를 듣는 이도 드물지만 이렇게 새소리를 글자로 옮길 수 있는 이는 더 드물겠지요. 창가 맨 뒷자리에 앉아 있었기에, 학교 주변에 산이 있었기에 새소리를 글로 옮길 수 있다 생각하지 않습니다. 느긋하게 그 소리를 들었기에 새소리를 기억하고 글자로 옮길 수 있다 여겨요. 새소리를 느긋하게 들을 수 있기에 학교도 그만둘 수 있었겠다, 남들이 가는 길을 따라가기를 멈추고 하고자 하는 일을 향해 나아갈 수 있었겠다, 하다가 아니다 싶은 생각이 들어 다시 그만둘 수 있었겠다 싶었습니다. 옮긴 학교에서 친구들과 "연필을 같이 깎을 수 있어 좋았다" 느끼고 "교복에 체육복에 좀처럼 지워지지 않는 아크릴 물감이 튀는 것까지" 만족스러웠다고 말했는데, 이런 작은 기쁨을 즐겁게 누린 이야기도 잘 담아주셨구나 싶었습니다.

　보경 님 글은 머뭇거리거나 망설이는 기색이 없습니다. 하려고 하는 말을 곧장 시작하기 때문이겠죠. 글에 군더더기가 없다는 건 그만큼 여러 번 느끼고 생각한 이야기를 글로 담았다는 뜻일 거예요. 이번에 올려두신 글 제목을 〈질문〉이라 달아놓았는데, 제목은 이름이 그러한 것처럼 품은 뜻을 담아낼 수 있으니 이를 잘 헤아려보면 좋겠습니다. 한때 힘들었고 애썼던 '나'에게 지금 내가 묻고 말하는 얼거리이기도 하니 〈물음으로 써보는 편지〉라고 해보면 어떨까 싶어요. 오직 한 사람을 향해서, 그 사람에게 가닿기를 바라며 쓰는 글이 편지라는 것을 떠올려본다면 때론 살림글을 편지처럼 쓸 수도 있겠구나 싶어요. 편지(letter)는 이야기하고 부르는 일입니다. 그건 그간 없던 주소(address)를 일구는 일이기도 해요. 누군가에게 가닿기를 바라는 마음이 장소(터)를 닦고 일구는 힘과 이어진다 여겨요. 돌이켜보니 보경 님이 쓰신 살림글이 편지와 맞닿아 있겠구나 싶군요.

　　민지 님이 올려주신 〈하루의 끝〉을 읽고 끝에 '어떻게 떠나보낼까, 어떻게 묻을까'라는 메모를 해두었습니다. 그건 '(내) 슬픔을 어떻게 나눌까'라는 물음과 이어진 것이겠죠. 마음속에 고이 묻어두는 것으로 충분하지 않기에 글로 쓰고 또 이야기로 잇습니다. 슬픔은, 죽음은, 애도는 홀로 감당해야 하는 시련이라 여기지만 이야기로 옮겨두면 다른 이가 짊어진 슬픔, 죽음, 애도와 만나는 자리가 되기도 합니다. "모든 슬픔은, 말로 옮겨 이야기로 만들거나 그에 관해 이야기한다면 견뎌낼 수 있다."(아이작 디네센) 한나 아렌트라는 정치철학자가 《인간의 조건》이라는 책에서 인용한 문장입니다. '이겨낼 수 있다'고 하지 않고 '견뎌낼 수 있다'고 한 대목에 눈길이 머뭅니다. 견뎌낼 수 있는 힘은 이야기에서 옵니다. 이야기는 '잇기'입니다. 내 슬픔―죽음―애도 이야기는 너 슬픔―죽음―애도와 이어집니다. 그래서 서둘러 지워버리지 않고, 극복하지 않고, 짊어진 채로도 견뎌낼 수 있는 것이 된다 여겨요. 민지 님이 쓴 〈하루의 끝〉과는 결이 다른 이야기를 길게 늘어놓은 건 아닌가 싶기도 하지만 이런 생각도 덧붙여볼 수 있겠다 싶어 내어놓습니다.

　　윤경 님 글에 대해선 모임 자리에서 여러 번 말씀드렸기에 짧게 덧붙입니다. 알뜰살뜰하게 꾸리는 살림을 꾸밈없이 글로 잘 옮기고 있다 여깁니다. 남들이 내 글을 알아봐

주길 기다리거나 바라지 마시고 더 즐겁게 쓸 수 있는 길을 찾아서 계속 나아가시면 좋겠다 싶어요. 〈'살리는' 식사〉는 '오늘 뭘 먹을까'만을 궁리하는 세상에 '오늘 뭘 먹지 않을까'라는 살림살이를 내어놓기에 여러모로 배울 점이 많다 여깁니다. 5월 5일 대곡초등학교에서 연 행사 이야기도 즐겁게 누렸습니다. 저런 학교에서 배웠다면, 저런 어른들이 보살펴주었다면, 저런 마을과 어울림 안에서 컸다면 내 어린 시절은 어떠했을까를 떠올려 보았습니다. 지금 내가 만나 어울리는 사람과 어떻게 어울리고 있는지, 어깨동무하는지를 생각해 보게 됩니다.

　　조르바(이지원) 님이 올려주신 〈길 위에서〉*는 모임 자리에서도 말씀 드렸지만 우리가 이 글에서 무엇을 빠트리고 있는지 떠올리는 것만으로도 무언가를 잠시 배울 수 있으리라 여깁니다. 어린이 마음을 보살피고 달래 보려는 뜻이 '숨탄것'을 지우고 잘못을 가린다는 걸 우리는 얼마나 헤아릴 수 있을까. 잘못을 꼬집고 나무라는 말씀이 아니라 조르바 님 글이 이런 물음 앞에 우리를 앉혀 놓는다 여겼습니다. 그래서 저도 고민을 해봤습니다. 어떻게 말해주어야 할까. 그리고 무엇을 느끼고 배워야 할까. 도로 위에서 빠르게 달리는 자동차에 치여 산산조각이 난

---

* 　몇 주 뒤에 스스로 글을 손질해 '그건 아마 우리의 잘못은 아닐 거야'라는 부제를 덧붙임.

거북이를 보며 단호박이었다고 둘러대지 않고 도로가 깔린 어디에서나 이런 일이 벌어질 수 있음을 차분히 알려주면서, 다음엔 자가용이 아닌 대중교통을 타보자고, 아니면 걸어서 가보자고, 혹은 자전거로 가보자고 말할 수 있을까. 아주 어렵기도 하겠고, 어쩌면 코웃음을 살만한 말이라 여길 수도 있겠지요. 하지만 도로 위에서 목숨을 잃은 거북이를 '단호박'이라 말하는 것은 어린이를 속이는 일이고(이건 '선의의 거짓말'이라는 허울로 어린이 마음 뒤에 숨어버리는 일이기도 합니다), 현실을 똑바로 보지 않고 눈감는 일이지요. 저야말로 매주 부산에서 진주까지 자가용을 타고 다니며 많은 것을 낭비하고 파괴한다는 걸 압니다. 그런 제가 〈길 위에서〉라는 이야기 안에 있다면 그 어린이에게 무어라 말할 수 있을까 고민하게 됩니다. 그 고민 안에서 이 글은 '로드킬'을 다루되 어린이 마음을 달랜다는 이유로 '로드킬'에 대해선 한마디도 안 한다는 걸 알아차립니다. 그리고 그 알아차림은 곧장 제게 답해야 할 물음으로 다가옵니다.

　　〈숨어 있는 예술가들, 그들의 위장법〉은 제목을 고쳐보는 걸음으로 이야기를 해보면 좋겠다 싶습니다. 이 글 제목을 〈둘레 곳곳에 살림꾼들이 내어놓는 잔칫상〉으로 바꿔보았습니다. 이 글은 일하는 이들이 펼쳐내는 솜씨를 바라보며 "누구도 대체할 수 없는 예술가"라 칭찬합니다만, 예술가라 부르는 일이 칭찬이 될 수 있을까 묻게 되어요. 많은

'예술가'들은 살림은 하지 않지요. 드물게 살림을 하며 소설을 쓴 박완서 같은 작가도 더러 있겠지만 대개는 살림과 담을 쌓기에고 훌륭한 예술 활동을 할 수 있다 여깁니다. 예술을 대단한 것이라 올려보기만 한다면 알게 모르게 살림은 하찮고, 낮고, 귀찮고, 누군가가 해야 할 일쯤으로 생각해 버리게 됩니다. 예술은 낮지도 높지도 않은 일이고, 살림 또한 마찬가지라 여겨야 하지 않을까 싶어요. 삼거리 분식집 아주머니가 내어놓은 음식은 예술(가)에 가까운 게 아니라 그저 살림인 겁니다. 그러니 예술가가 아니라 살림꾼이죠. '꾼'을 한 갈래를 꾸러미로 엮어 살피는 사람이라 할 수 있다면 살림꾼은 사람과 둘레를 두루 살피는 눈길과 손길로 오늘을 가꾸고 여민다고 말할 수 있어요. 전문가(예술가)와 달리 살림꾼은 하나에만 집중하거나 매몰되지 않습니다. 예술 앞에서 우리는 멈춰 서서 감탄하곤 하지만 살림은 곁으로 다가가 넉넉하게 누리고 곧장 배울 수 있습니다.

　살림글도 마찬가지라 여깁니다. 나 홀로 외롭게 빛나는 별이 되는 걸음이 아니라 곁을 내어주고 어깨동무하며 나누고 누릴 수 있는 걸음으로 나아가야 하지 않을까 싶어요. 둘레에 그런 걸음이 너무 없으니까요. 살림글쓰기 자리에서라도 살림 걸음을 즐겁게 내디뎌보면 좋겠다 싶습니다. 따로 이야기를 덧붙이지 못한 글도 많습니다. 또 기회가 되면 살펴서 써보도록 하겠습니다. 올려주신 살림글에 작은 이야기를 덧붙여보는 일도 한 번쯤은 해봐야겠다 싶어서 이 뒷자리글을 써보았습니다. 실은 〈원치 않는 선물〉을 줄기 삼아 '글쓰기라는 선물'에 대해 이야기를 펼쳐보는 뒷자리글을 써야겠다 마음먹었는데, 이렇게 뜸 들이며 글을 쓰는 형편이니 쓸 수 있을지 모르겠네요.

다발을 건네다

—〈살림글쓰기〉 다섯 번째 자리 뒷자리글

김대성

보경 님이 '떠도는 이(방랑자)'를 이야기하며 불러주신 〈Moon River〉를 떠올리며 '살림글쓰기' 다섯 번째 자리 뒷자리글을 씁니다. 〈Moon River〉는 강에 비친 달을 선물처럼 여기는 마음으로 짓고 부른 노래이지 않을까 해요. 보경 님이 불러주신 노래 또한 살림글쓰기 자리를 비추며 흘렀지요. 선물은 까닭 없이 내어주고 또 받는 것이라 생각해요. 그간 크고 작은 모임을 열며 배우고 익히려고 애쓴 일 가운데 하나가 '선물하기'였습니다. 언제나 '언니들'이 먼저 선물을 내어놓았고 그 선물 덕에 잠시 환해진 자리에 웃음꽃도 피고 마음도 쉴 수 있었기에 배우고 익혀야겠다 마음먹었답니다. 고작 '한턱 쏘려고만 하는' 이들로부터 멀리 떨어져 아무렇지 않게 선물하는 이들 곁에서 속뜻(의도) 없이 건네는 일에 대해 배우고 익힐 수 있었습니다.

이기성 시인이 펴낸 《불쑥 내민 손》(문학과지성사, 2004)이란 시집이 있어요. 이 시집에서 '불쑥 내민 손'은 지겹고 고단한 도시 삶을 가리키지만 저는 저 대목을 선물을 건네는 몸짓으로 고쳐 써야겠다 마음먹었답니다. 관심을 끌거나 환심을 사기 위해 선물을 준다 여기기에 뜻을 알 수 없는 선물을 선뜻 받는 일은 잘 없습니다. 그런데 가만히 떠올려보면 마음에 남은 선물은 대개 뜻밖에 건네진 것들입니다. 깜짝 놀랐기에 마음 깊이 남았다기보단 속뜻 없이 건네주었기에 넉넉하게 누릴 수 있었던 게 아닐까 싶어요. 어느 모임이든 선물을 잘 건네는 사람이 적어도 한 명씩은 있(었)습니다. 모임은 널리 알려진 이를 쫓아 우르르 몰려다니는 강연이나 1+1을 재빨리 낚아채는 몸짓으로 가득한 대형마트와는 다를 테니까요. 늦은 오후, 멀리서 천천히 다가오는 어둠과 어깨동무하며 포근하게 내려앉은 볕이나 늦여름, 언덕배기로 찾아오는 시원한 바람을 생각해 본다면 누군가 뜻 없이 건네는 선물을 오늘 제대로 받고 있나 싶은 생각마저 듭니다.

뒷자리글은 모임이 남긴 이야기를 잘 받아 안으며 잇는다는 점에서 선물을 주고받는 몸짓과 맞닿는다 여깁니다. 모임이 건넨 것을 즐겁게 잇되 다시 모임에 그 이야기를 펼쳐놓으니까요. 함께 했던 시간을 홀로 다시금 풀어나가는 일이기에, '자기반성'으로 흐르는 경우가 많지만 그렇다고 해도 그 안에 다른 이가 했던 말이나 마음이 얹혀 있습니다. 내가 느끼고 생각한 것을 떠올리며 적바림해 본 것이지만, 그 시간을 다시금 떠올려보니 다른 이가 했던 말과 생각, 그리고 마음이 다발처럼 함께 묶여 있다는 걸 알게 됩니다. 서로 다른 풀과 꽃이 한 묶음으로 어깨동무하듯 어울린 꽃다발처럼 뒷자리글은 저마다 다른 말과 마음에 작은 매듭을 지어 이야기다발로 묶어 건네는 근사한 선물입니다.

주지 않아도 되지만 굳이 더 얹어 건네는 '덤'처럼 쓰지 않아도 되지만 굳이 쓰는 건 뒷자리글만은 아닐 겁니다. 가만히 생각해 보면 글쓰기는 뜻 없이 선물을 건네는 일과 닮아 있다는 걸 알 수 있으니까요. 우린 어떤 내용(의도)을 전하기 위해 쓴다 여기지만 선물이 그러한 것처럼 의도 없이 쓴 글이 더 멀리, 더 넓게, 더 깊숙이 나아가 자리합니다. 무언가를 꼭 전해야겠다 하는 의도가 너무 앞서면 어쩔 수 없이 한쪽으로 치우치거나 지나침 때문에 글이 좁아지고 딱딱해집니다. 좁고 딱딱한 글에 맞춤한 자리도 있겠지만 많은 이가 누릴 수는 없지요. 내 뜻을 전해야겠다는 마음이 아니라 그간 지녀온 뜻을 품은 채 다가가고자 하는 마음에 대해 더 자주 생각해 보면 어떨까 싶어요. 2017년 〈삶을 가꾸는 생활글 쓰기〉(2017년 9월 4일-12월 4일_부산 백년어서원) 뒷자리글을 쓰며 '의도 없이, 욕심 없이, 꾸밈없이'라는 대목을 적어두었습니다. 의도 없이, 욕심 없이, 꾸밈없이 하는 일을 떠올려보세요. 앞자리에 살림이 놓여 있습니다. 그 곁에 글쓰기도 놓아둘 수 있어.

　글쓰기를 내게 건네진 선물을 '풀어보는 일'에 더 가깝다 여길 수도 있겠다 싶어요. 글쓰기는 머리를 싸매고 이리저리 몸부림치는 일이 아니라 오늘도 누군가가 내게 불쑥 건넨 선물을 넉넉하게 누리는 일이기도 하니까요. 내게 건네진 '선물을 잘 푸는' 건 겹으로 얽힌 '문제 실마리를 푸는' 일과 이어진다 여겨요. 글이 잘 풀린다고 느낄 때를 떠올려보세요.

무언가를 전하려는 마음을 앞세울 때가 아니라 나를 둘러싼 것들을 넉넉하게 누릴 때입니다. 모임에서 만난 언니들을 통해 애써 배우고 익히려 했던 선물하기가 내게 건네진 선물을 잘 푸는 일로 이어진다는 걸 알게 됩니다. 무언가를 건네지만 외려 무언가를 받는 것처럼 넉넉함을 느끼는 선물하기가 너와 나를, 익숙함과 낯섦을 이으며 누리를 흐른다는 걸 느끼며 배웁니다.

의도 없이 쓸 때 의도 없이 건넬 수 있고, 그래야 다른 곳으로 건너갈 수 있습니다. 건네기에 건널 수 있어요. 건네며 건너야 하는 까닭은 그래야 나날이 새로워질 수 있기 때문입니다. 애써 무언가를 주려고 하지 않아도 됩니다. 오늘 내게 건네진/건너온 선물을 잘 풀어보는 일에서부터 시작하면 된다 여깁니다. 보경 님이 들려주신 노래 선물을 다시 풀어보면서 이 글을 시작한 것처럼요. 의도 없이—욕심 없이—꾸밈없이 살림을 하고 글을 씁니다. 선물을 건네며 선물을 받고 선물을 잇습니다. 살림과 글쓰기는 이렇게 넉넉하게 이어져 있습니다.

가위바위보

─살림글쓰기를 열고 닫으며

김대성

곰곰 생각해 보면 '모임'이야말로 잘 가꾸고, 잘 꾸리고 싶은 살림입니다. 짧은 시간 동안 그럴듯한 성과를 내기 위한 워크숍이나 프로젝트, 널리 알려진 이를 좇고 기대어 무언가를 얻고자 하는 강연은 모임과 그야말로 다른 결을 가집니다. 모임은 특별히 이끄는 힘도, 대단한 무엇도 없는 작고 느슨한 이름이지만 가만히 들여다보면 여러 힘으로 가득합니다. 모임은 '모으다'에서 왔겠지요. '여러 사람을 한 곳에 오게 하거나 한 단체에 들게 하다'는 뜻 안에 '한데 합치다', '쌓아 두다', '한곳에 집중하다'라는 갈래와 이어집니다. 누군가가 먼저 나서서 어떤 일을 하려고 자리를 열어 사람을 모은다는 뜻도 있지만 '무언가에 이끌려 한 자리로 찾아오다'라는 갈래로도 풀 수 있습니다. 모임을 '모이다'라는 눈길로 풀어본다면 말이죠. 누군가가 '이끄는 힘'과 스스로 '이끌리는 힘'이 만나는 자리가 모임이 아닐까 해요. 한 사람이 이끌 수도 없고, 이끄는 사람이 없어도 안 됩니다. 모임은 기관이나 조직에 비해선 느슨해 보이지만 서로서로 살피고 돌보지 않으면 이어 나갈 수 없습니다.

예전부터 저는 모임이 가위바위보 놀이와 닮아 있다 여겨왔습니다. 모임은 더 많은 선택지를 발명하는 것이 아니라 제한된 선택지를 기꺼이 받아들이는 힘을 배울 수 있는 드문 장소이기 때문입니다. 가위. 바위. 보. 이 세 가지 선택지가 부딪치며 나타나는 우연성이 어떻게 새로운 길을 펼치는 데 이바지하는지 설명하기란 쉽지 않습니다. 그때 그곳에 자리한 이들만이 보고 느끼고 생각할 수 있는 것이기 때문입니다. 잘난 사람이든 못난 사람이든, 나이가 많든 적든 가위를 내거나 바위를 내거나 보를 냅니다. 더 많은 선택지나 새로운 방식이 아니라 '뻔함'을 받아들이는 것을 통해 모임을 지속하는 힘을 배워왔습니다. 모임 또한 생명과 같아서 누군가가 돌보지 않으면 숨이 다하고 맙니다. 그렇다고 모임을 돌보는 데 애쓰는 것이 모임을 독점할 수 있는 자격이 되는 건 아닙니다. 누구도 독점할 수 없지만 누구나 애쓰는 관계 안에서 만들어지는 긴장감이 모임을 '우리끼리'로 귀착시키지 않고 그 안에 누구나 찾을 수 있는 낯선 자리를 기어이 내어놓습니다.

모임 바깥에서 보면 가위바위보밖에 없는 선택지가 좁아 보이고, 또 뒤늦게 가위바위보를 내는 사람이 늘 이기는 것처럼 시시하고 때론 한심해 보입니다. 누가 무엇을 내어놓느냐에 따라 모임 방향과 흐름이 결정되지요. 누군가가 내어놓는 첫 마디가 그날 모임 끝까지 이어지는 경우도 있습니다. 누구나 주인공이 될 수 있고 누구나 빌런(악당)이 될 수도 있습니다. 그래서 망할 때도 있지만 모두가 스스로 짓고 잇는 힘으로 모임을 꾸리고 가꾸기에 저마다가 뿌듯함과 기쁨을 넉넉하게 누릴 수 있는 자리가 되기도 합니다. 모임은 계약이 없고, 이해관계에 얽히지

않기에 다음을 기약할 수 없어요. 언제라도 흩어질 수
있습니다. 저는 모임이 살림과 닮았다 여깁니다. 꼭 해야
하는 것도 아니고, 하지 않아도 그만이지만 기어이, 기꺼이
하는 일이니까요. 아무것도 아닌 것처럼 보이고, 한없이 작은
일처럼 보이지만 찬찬히 들여다보면 너무나 크고 놀라운
일로 가득하니까요. 오늘 뿌듯했다고 해도 내일 와르르
무너질 수 있으니까요. 그날그날, 그때그때 돌보고 가꾸는 것
외엔 다른 방법이 없으니까요.

　무더웠던 여름 내내, 징검다리 목요일 저녁 7시, 진주문고
4층 한쪽에서 열렸던 〈회복하는 글쓰기〉(2024_살림글쓰기)
자리를 어떻게 열고 닫으며 '모임'으로 가꾸고 꾸리셨나요?
이 작은 모임 안에서 무엇을 누리고 또 어떤 이바지를
하셨나요? 두 달 남짓 가꾸고 꾸린 살림이 이 모임이
닫히더라도 사라지지 않고 몸과 마음에 쌓여 저마다가
새롭게 펼치는 자리에서 이어가길 바랍니다. 모임이 제게
알려준 것 가운데 하나가 '잘 헤어지는 일'입니다. 모임을
한다는 건 언제라도 헤어질 수 있다는 걸 받아들이는 일이고
모임을 하는 한 늘 헤어짐과 함께 할 수밖에 없기 때문입니다.
'잘 헤어진다'는 게 어쩐지 이상하게 들리지만 기꺼이 잘
헤어질 수 있어야 한다 여깁니다. 그래서 저는 모임을 하는
동안 늘 그 안에 헤어지는 눈길이 흐르고 있음을 느낍니다.
모임을 하며 배운 게 또 하나 있어요. 작게라는 낱말입니다.

작은 것을 눈여겨보고, 허리 숙여 들여다보는 일. 작은 것에
이끌려 그 곁에서 함께 작게 움직이고 작게 말하는 일.
그래야 어울릴 수 있고 이을 수 있다는 것. 작게라는 살림.
작게작게라고 하면 시가 되고 작게작게작게라고 하면 노래가
된다는 것을요.

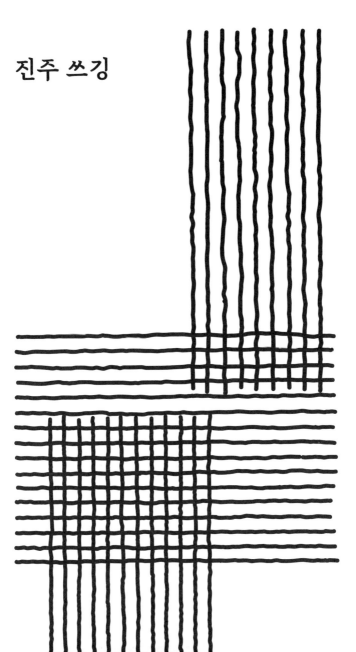

진주 쓰깅

달리기는 여러 '쓰기'가 이루어지는 너른 마당입니다. 가만히 들여다보면 '쓰기'는 글쓰기에만 붙일 수 있는 게 아니라 몸을 '사용하는 일'이나 도시를 누빌 때도 '쓴다'고 할 수 있어요. 뿐만 아니라 꼭 글자로 쓰지 않고 발자국을 남기는 방식도 있고 몸에 배어 기억으로 남기도 하지요.

진주 곳곳을 달린 후에 짧은 살림글을 쓴다면 무엇이 펼쳐질까요? 자주 달리는 길목이나 달릴 때 느끼는 거나 떠오르는 생각을 펼쳐 나누다보면 달리기 또한 스스로 짓고 꾸리는 살림이란 걸 알 수 있겠지요.

진주 쓰깅

달리며 펼치는 살림

: 〈진주 쓰깅〉을 열며

김대성

부산에서 작은 모임을 열며 책살림을
짓는다.

군대에 끌려가서 축구나 족구를 한 번도 하지 않았다고 하면
믿어줄 사람이 있을까? 언제부터 달렸나를 떠올려보다가
어지간히도 '운동'을 하지 않은 내가 어쩌다 달리고
쓰는 모임을 열게 되었는지 돌아보게 된다. 강원도 철원
산골짜기에서 해가 질 때부터 해가 뜰 때까지 철책선 앞에서
보초 근무를 서야 했기에, 집합 명령이 있어도 누가 족구장에
나오지 않았는지 살필 겨를이 없는 곳이라 나는 보일러실에
숨어 시집을 읽으며 경기가 끝날 때까지 기다릴 수 있었다.
소대 단위로 떨어져 지낸 부대 특성 때문에 축구할 일도
없었다. GOP 근무를 철수하고 바깥 부대로 돌아가서는
계급이 조금 높아져서 축구나 족구를 하지 않아도 되었다.

그만큼 운동과 담을 쌓고 지낸 내가 숨 가쁘게 몸을
움직이게 된 건 2016년 늦가을에 이사한 동네를 걷다가
보게 된 권투 체육관에 들어서면서였다.(2018년 봄). 대학
강사 일을 하는 동안 무언가를 안간힘 쓰며 가르쳐 보려고만
했지 무언가를 배운 기억이 까마득했던 까닭도 있고, 되는
일도 안 되는 일도 없이 똑같이 흐르던 나날로부터 도망치고
싶은 마음도 조금은 있었을 것이다. 2018년 늦봄, 매해
열어온 〈회복하는 글쓰기〉 모임에서 한 글벗이 '러너스
하이'에 대한 살림글(그땐 생활글이라 불렀다)을 썼기에
함께 이야기를 나누다가 여럿이서 광안리에서 열린 10km
러닝 대회에 참가한 게 뜻밖에 일이었지만 뜻깊은 걸음이

아니었나 싶다. 그즈음 권투 체육관에서 하루도 빼놓지 않고 몸이 부서져라 운동을 해온 터라 링 위에서 지치지 않으려면 로드워크(길 위를 달리며 몸을 푸는 기초 운동)를 많이 하면 된다는 조언을 듣고 더 '열심히' 달렸던 거 같다.

더 빨리, 더 멀리 달리고 싶던 마음 때문이었을까. 평생 하지 않던 운동을 몸이 괴로울 정도로 몰아붙였기 때문이었을까. 자가 면역 질환처럼 보이는 이상한 반응이 몸 곳곳에서 나타났기에 모든 운동을 중단하고 납작 엎드려 몸을 보살폈다. 권투 체육관 생각은 누를 수 있었지만 달리기만큼은 참을 수가 없어 2021년 가을부턴 이른바 '도둑 러닝'이라는 걸 시작하게 되었다. 3년 동안 몸을 너무 못살게 굴어서 열이 오르는 일을 하면 안 된다는 주치의 당부가 있었기에 몰래 조금씩 뛰던 걸 '도둑 러닝'이라 이름 붙여보았다. 달리고 나면 무릎이 아파서 보름 정도는 뛸 수 없었고, 그 주기가 한 달로, 두 달로 늘어갔다. 2년 동안 드문드문 달리긴 했지만 그야말로 꺾인 무릎으로 절룩이며 뛰었다고 해야 할 듯 싶다.

어느 날, 낙동강 변을 따라 달리다가 이대로 멈추지 않고 간다면 어머니가 입원한 병원까지 닿겠다 싶어 그 길로 계속 달렸던 때를 기억한다. 버스에서 내리다가 떨어져 바퀴에 두 다리가 깔려 뼈가 으스러진, 떠올리기도 싫은 터무니없는 사고로 몇 달 동안 병원에 입원해 있던 어머니가 몸과 맘을 잘 추스르시길 바라며 달렸다. 한 번도 가본 적 없는 그 길을 기도하는 마음으로 달렸는데, 내가 있는 곳에서 내가 닿고 싶은 곳까지 온 힘을 다해 달리는 일이 기도와 닮아 있다는 걸 알게 되었다. 오랜 스승이 위독하다는 소식을 듣고 자신이 사는 베를린에서 그이가 누워 있는 파리까지 걸어서 간다면 소중한 이가 죽지 않을 거라는 바람을 담은 이상한 여행기 《얼음 속을 걷다》(베르너 헤어초크, 안상원 옮김, 밤의책, 2021)를 알아본 것도 강변대로를 달리는 몸으로 했던 기도 때문이었지 싶다.

빨리 달리거나 멀리 달리기보다 몸을 살피며 달리는 동안 달리기가 내 몸과 마음을 들여다볼 수 있는 길목이라는 걸 저절로 알게 되었다. 온힘을 다해서 달리기보다 힘을 다하지 않고 달리면 몸도 마음도 즐겁구나, 그건 살림을 꾸리는 일과 다르지 않구나, 가계부를 쓰는 것처럼 달리는 동안 내 몸과 마음을 알뜰하게 쓴다면 살림을 북돋울 수 있다는 것에도 눈 뜨게 되었다. 그러다 보니 달리는 동안 노래를 부르거나 시를 읊고 싶은 것이다. 무언가를 기억했다가 달리며 풀어내는 일을 떠올리니 이게 접어두었던 몸과 마음을, 발을 내디디며 길 위에 펼치는 일이라는 자리에 닿게 된다.

달리기가 몸과 마음을 마음껏 펼치는 일이기에 그 느낌을 글로 옮겨 적고 싶었다. 온몸에 힘을 빼고 그저 작은 스프링이 되어 낭창낭창하게 발돋움하는 건 그야말로 길 위에서 추는 춤이지 않나. 달리기는 길을 무대로 바꾸는 발돋움이구나, 마음을 노래하며 마음껏 춤추는 일이구나. 그러니 이를 고스란히 글로 옮기는 건 매번 실패할 수밖에 없구나. '쓸 수 없다'는 자리에서 알아차렸다. 달리기는 몸으로 쓰는 글이라는 걸 말이다. 내가 자주 달리는 장림에서 다대포해수욕장을 거쳐 장림포구를 끼고 돌아 장림시장을 가로지르는 달음질이 그 자체로 이미 몸과 마음을 담은 글이구나, 그러니 무언가를 새로 쓸 게 아니라 달리며 쓴 글을 어떻게 읽어내느냐가 중요하겠구나 싶은 것이다.

　달리기는 두 발을 내디디면서 나아가는 몸짓이기에 둘레를 누비며 누리는 일이다. 가로질러 나아가는 듯 보이지만 달리는 동안 둘레를 눈으로 보고 귀로 듣고 몸으로 담는다. 어느 곳도 건너뛰지 않고 모조리 밟고 내딛기에, 둘레를 몸과 마음에 가득 담는 일이기에 늘 새 몸과 새 마음으로 나아갈 수 있다 여긴다. 나는 코로만 숨 쉬며 달린다. 빠르기나 거리를 중요하지 않다 여긴다. 다만 숨차지 않을 정도로, 함께 달리는 달림이 동무와 이야기를 나눌 수 있을 정도로, 달리고 나서 몸이 가뿐할 정도로, 철 따라 달라지는 벌레 울음소리, 사람들 말소리, 새소리를 죄다 들을 수 있게, 또 내 몸과 마음에서 흘러나오는 소리, 넋이 조곤조곤 들려주는 소리를 들을 수 있게, 코로만 숨 쉬며 느긋하게 달린다. 춤추듯 둘레를 누리며 코로만 숨 쉬며

　　　　　　　살림문학

달리면 10km를 달리더라도 땀은 한 방울도 흐르지 않는다.

진주 쓰깅

나를 돌보는 달리기

하민혜

진주에서 달리기를 하며 살림글을
씁니다.

1365 자원봉사를 신청하려고 홈페이지를 검색했다. '제31회 2022 진주마라톤대회 행사 보조' 문구가 눈에 들어와 자연스럽게 클릭했다. 봉사 일자는 12월 11일, 아침 7시부터 오후 3시까지. "뭐야, 하루 8시간이잖아." 찬 바람이 부는 이른 아침부터 봉사를 해야 한다는 생각이 뇌를 잠시 정지시켰지만 행사 안내, 시상 안내, 물품보관소 정리 및 기념품, 간식 배부 등… 마지막 간식의 매력에 자연스럽게 신청하게 되었다.

행사 당일 아침 일찍 장소에 도착하니 '와 도대체 몇 명이 봉사를 신청한 거지….' 수많은 마라토너와 봉사자, 관계자 그리고 행사 진행자의 수려한 말솜씨까지 더해져 정신이 없었다. "쿵쾅, 쿵쾅." 이럴 땐 정신을 바짝 차려야 한다. 안내 부스로 향하니 관계자가 10명씩 봉사자 그룹을 정하고 있었다. 나는 재빠르게 젊은이들 틈에 마지막으로 끼어 하프 마라톤 완주자 배부처에 서게 되었다. 마라톤은 손기정 선수가 일제 치하에서 일본 대표로 올림픽 금메달을 목에 걸었고 황영조, 이봉주 선수 정도만 알고 있었는데 행사장을 메운 엄청난 인파와 마라톤 클럽에 좀 충격이었다. 즐비한 천막들 입구에는 제각기 독특한 클럽 이름이 적혀 있었고 우리 지역 마라톤 클럽도 꽤 보였다. 초등학생부터 70-80대까지 많은 이들이 추운 겨울 찬 바람에도 러닝 복장으로 출발선에 서 있다. 시각장애인과 그의 손을 꼭

진주 쓰깅

잡은 비장애인들을 보면서 추위를 이기고 뛰게 하는 힘은 무엇일까? 궁금했다. 앞이 보이지 않는 이들이 마라톤한다는 생각을 해보지 않았는데 눈앞에서 펼쳐지는 광경에 잠시 아득한 기분이 들었다.

내가 서 있던 부스 봉사자들은 모두 젊은 남성들뿐이라 자연스럽게 옆에 서 있던 관계자와 말을 섞게 되었다. "나이 드신 분들도 꽤 많던데 저렇게 마라톤하셔도 괜찮을까요?" 건강염려증이다. 나이가 들면 마음도 약해진다. "무슨 말씀을요. 오히려 봉사자님처럼 나이 드신 분들이 마라톤 시작하기 딱 좋은 나이입니다." 내게 용기를 주려고 하시는 말씀이려니 했다. '그래, 나이 많다고 너무 서러워하지 말라는 뜻인가 보다.'며 완주자 물품을 정리했다.

출발한 지 얼마 되지 않아 5km, 10km 완주자가 들어오기 시작했고 하프 코너에도 가쁜 숨을 몰아쉬며 완주 메달과 기념품을 받으려는 마라토너들이 도착했다. "축하합니다." "수고하셨습니다." 나는 연신 매직펜으로 번호표에 물품 지급 표시를 하고 기념품을 나눠 드렸다. 그들은 고통스러워하면서도 기쁨과 희열도 느껴지는 알 수 없는 표정들을 지어 보였다. 어떤 느낌일까? 여운이 쉽게 사라지지 않았다.

호기심이 생겼고 나보다 나이 많은 분들이 뛰었던 모습을 생각하면서 용기를 내어 경상국립대학교 평생교육원 힐링

마라톤 입문반을 신청했다. 3월 첫날 강의실을 꽉 채운 수강생들을 보고 강사님은 흥분했다. 이렇게 많은 수강생이 모이기는 처음이라고 했다. 마라톤에 대한 기초지식을 듣고 대운동장에서 훈련을 시작했다. 시작이 반이라고 3월 26일 진주남강마라톤에 출전해 5km를 완주했다. 생활체육인으로 배드민턴 준우승을 한 지인에게 말하니 유모차 끌고도 뛸 정도로 쉬운 것 아니냐고 해서 잠시 자존심에 상처가 났지만, 그래도 기쁘고 좋았다.

　2시간 이상의 수업이 나날이 강도 높아지면서 자연스럽게 혼자 뛰기 시작했다. 일주일에 2-3회 30분 3km 뛰기는 힘들지 않으면서 지키기 어려운 나와의 약속이 되었다. 직장에서도 마라톤 얘기만 나오면 내 생각이 난다는 동료들 덕분에 이제는 안 뛸 수 없는 상황이 되었다. 딸, 아들, 사위까지 마라톤을 같이하게 되어 일이 갈수록 커지고 있다. 12월 8일 내가 봉사했던 마라톤대회에 아들과 함께 참가 신청했다. 출전에 앞서 연습해야 하는데 게으름과 나태함이 나의 용기를 무너뜨리지 않도록 오늘도 달리기 위해 문을 나선다.

머무르며 달리며

하민혜

날씨가 쌀쌀해졌다. 11월 아침저녁으로 샤워기의 찬물이
더욱 차게 느껴진다. 올해도 가을이 오고 겨울을 재촉하며
한 해를 마무리해야 하는구나. 갱년기 증상이 심할 때는
떨어지는 낙엽도, 하늘의 구름도, 감미로운 음악 소리도
의미를 찾을 수 없었는데 이렇게 감성이 풍부해지는 것은
무엇 때문인지 곰곰이 생각해 본다.

내가 태어나 살던 동네는 논두렁 밭두렁이 있는 서울시
변두리 지역이었다. 학생 수 과밀로 5학년 때 다니던
학교에서 신축 학교로 강제 전학을 가게 되었다. 매일매일
콩나물시루 같은 버스 안에서 버티듯 등하교를 했다.
버스에서 내리려면 있는 힘껏 몸을 비틀며 빠져나와야 했고
어깨에 멘 책가방이 몇 번 찢어지기도 했다. 가까운 학교에
다니게 해주어 나로서는 매우 편했다.

　아버지가 귀향을 결심하고 모든 것을 정리해 고향으로
내려간다고 하셨을 때 나는 사춘기 청소년이었다. 진주는
여름방학 때 가끔 다녀갔던 곳인데 그곳에서 살게 된다니⋯.
하지만 별다른 감정을 표현하지 않았다. 어차피 혼자 독립할
수 없는 중학생이었으니까. 대학 졸업 후 부산 사람과 결혼해
부산에 살면서 첫 아이를 낳아 키우고 직장생활을 병행했다.
남편이 울산으로 발령을 받으면서 그뒤로 신나게 이사를
다녔다. 주택임대차보호법이 시행되기 전이라 살던 집이

　　　　　진주 쓰깅

팔리면서 이사, 다시 부산 발령으로 이사, 대구 발령으로
이사… 또 부산을 거쳐 진주로 이사했고 지금 살고 있는 곳은
진주에서 네 번째 이사한 집이다.

열심히 달려온 나의 삶과 이사 경력에 딸도 놀라는
눈치다. "엄마, 주민등록초본 발급 받았는데 도대체 무슨
이사를 이렇게 많이 다닌 거예요?" 무수한 시간이 나를
이곳저곳으로 인도했고 쉼 없이 달렸을 뿐이다. 2003년
다시 시작한 진주살이는 햇수로 21년을 넘기고 있다. 남편
고향이자 어른들이 살고 계시는 부산으로 다시 갈까 생각도
했지만 해마다 남을 이유가 생겼다. 현재 남편과 나의 생업이
이곳에 있고 이 일을 계속하는 동안은 진주에 머무를까
생각한다.

2022년 11월 봉사하다 알게 된 마라톤은 막 갱년기를
끝낸 내게 '훅'하고 강한 인상과 함께 찾아왔다. 달리는
이유를 찾으려고 애쓰지 않았다. 그냥 달렸다. 달리다 보면
의미 있는 행사도 만나게 된다. 광복절 기간에는 가수 션과
함께 달리는 기부 마라톤 815 런에 등록했다. 그는 81.5km를
달리고 나는 8.15km를 달려서 인증샷을 올리기도 했다.

경상국립대학교 운동장은 마라톤 연습 장소로 좋다.
드넓은 캠퍼스는 집에서 가깝고 평지인 데다 학생들도
밀집해 있지 않아서 자주 갔다. 사회복지 실습 과목
이수를 위해 경상국립대 평생교육원 사이트를 검색했을

때 문헌정보학과 학점은행제를 발견했다. 나중에 시간이
되면 문헌정보학과 등록을 해야지라고 생각했던 일을 올해
실천하게 되었다.

2월 개강 전 6과목 공부는 무리다 싶어서 3과목만 등록금
납부를 했었는데 행정실에서 전화가 왔다. 6과목 전체
등록금을 납부해야 하고 그렇지 않으면 대기자에게 등록
기회를 줄 수밖에 없다고…. 6과목 다 등록했다.

강의 첫날 28명의 학생과 교수님이 한 강의실을 가득
메운 열기는 대단했다. 저마다 희망을 품고 교실을 찾은
학생들. 그들의 상기된 모습을 보면서 나도 덩달아 의욕이
뿜뿜 올랐다. 대학 도서관 입장을 위해 회원 가입을 하고
클리커 앱을 설치해 24시간 운영되는 중앙도서관 방문했다.
최근 리모델링한 도서관은 현대식 건물과 디자인으로 나를
많이 놀라게 했다. 과거 내가 다니던 대학 도서관을 생각하니
천지개벽이 이런 것이라는 생각도 했지만 현재 학생들이
공부하는 장소가 더욱 발전하길 바라게 된다.

달리는 것을, 멈추지 않는 것을 실천하는 내 모습이
비효율적, 비경제적이라고 생각하는 가족이 가까이 있다.
내가 스스로 판단하고 결정하고 행동하려면 가족의
암묵적인 동의와 배려, 협조가 있어야만 가능하다는 사실,
가족이라는 공동체 안에서 함께 한다는 점을 알고 있다.

인생의 긴 시간 속에 머물러야 하는 장소, 시간을 선택한다는 착각을 잠시 뒤로 하고 우연과 필연 속에 나는 오늘도 달리고 있다. 세상은 더 나은 방향으로 가고 있으니까.

뜬금없이 달리기

박진이

배우는 기쁨으로 내일을 펼치며
진주에서 살아갑니다.

지난해 봄, 연암도서관 벚꽃이 너무 예뻐 하늘을 올려보다 멍한 순간에 어이없이 발목을 접질렀다. 몇 달 고생했다. 조심조심 걸으며 산책을 자유롭게 하는 것만으로도 다행이라 여겼는데, 우연히 '달리고 쓰깅' 모임에 참석하며 생각지도 않은 '달리기'가 숙제가 되어버렸다.

달리기에 대한 나의 기억은 중고 시절 체력장 연습을 위해 전교생이 점심 후 동네 한 바퀴를 힘들게 달리던 것뿐이다. 스스로 나서 달리기를 해본 기억은 없다. 군사정권 시절 고입과 대입을 위한 체력장 훈련은 군인 훈련과 같아 전교생이 줄 맞추어 구령과 함께 낙오자 없이 달려야 했다. 체육 시간보다 무용 시간을 더 좋아한 나는 아무리 열심히 뛰어도 100m에 20초였고, 고3 체력장 시험 때는 담임 선생님이 체육 점수 만점을 주기 위해 100m 달리기에서 우리만 10m 앞서 출발하게 해 17초를 기록했다. 너무나 인간적인 배려(비리?) 덕에 나는 체육을 만점 받았다. 달리기가 힘들었던 이유를 지금 생각해 보니, 나만의 속도가 아닌 강요된 속도와 경쟁, 대열 이탈에 두려움이 컸던 것 같다.

저녁마다 산책한다. 가끔 숨차게 달리 청년들을 보면 나도 호흡이 갑자기 가빠지는 듯하다. 달리기는 젊은이들은 열정이 넘친다. 그들에게서 뿜어져 나오는 탄력성과 숨 가쁜 호흡 모두 아름답다. 달리다가 멈추고 힘들게 숨을

진주 쓰깅

몰아쉬고 있는데 나는 아름다움을 느끼고 있다. 젊음이란 그런 것이다. 나는 숨이 차는 것을 싫어한다. 수영을 배울 때도 물이 코로 들어가고 호흡 조절이 안 될 때 너무 무서워 그만 멈춰버렸다. 달리기를 하면서 느낄 수 있는 '러너스 하이(runner's high)'도 있다는데, 내 몸과는 맞지 않다는 생각을 했다.

하지만 인생은 하기 싫은 운동을 피할 수 있을 만큼 호락호락하지 않았다. 살면서 운동으로 한계점을 극복하지는 못했지만 정신적인 한계는 나름 넘어서지 않았나 싶을 만큼 득도의 길을 걷고 있다. 달리기는 생존 사냥을 위해 시작된 인류의 가장 오래된 운동이고, "삶을 경험하고 싶다면 마라톤을 하라"를 비롯해 인생에 빗대는 명언들도 많다. 인간은 달리도록 진화가 되었다는데, 나는 진화가 덜 되었는지, 아직 내 몸 어딘가에 각인된 진화의 흔적을 찾아볼 수가 없다.

아무튼 걷기를 좋아하니 달리기도 가능할 것 같아 숙제하는 마음으로 산책길에 두세 번 달리기를 시도해 보았다. 첫날은 30m도 숨이 차 멈추었고, 두 번째 날은 숨은 차지만 30m를 세 번 정도 뛰었다. 사실 뛴다기보다 엉거주춤한 자세와 설렁설렁한 속도로 움직여 보니, 발바닥은 자석이 붙은 양 접지하기 바쁘고, 발걸음을 옮길 때마다 천근만근 몸을 걸어 올리는 느낌이었다. 허리를 곧추 세우고 스프링처럼 튀어 오르는 멋진 모습이 아니라, 누가 봐도 "왜 뛰나?" 할 거 같았다. 무리하고 치열하게 사는 것 자체를 그다지 좋아하지 않았는데, 결국 인생은 어떤 식으로든 치열하게 살도록 세팅되어 있는 것 같다. 나이 들수록 가만히 주변을 둘러보면 대단하지 않은 인생이 없다. 비교하는 눈으로 보면 남의 인생이 부족하고 답답해 보일 때가 있겠지만, 각자 나름대로 애를 쓰고 있는 모습이 느껴진다.

오늘 나는 산책길에 달리는 이웃을 두 사람 만났다. 갈 때 올 때 보니 표정이 평온하다. 나처럼 곁눈질도 안하고 일정한 속도로 달리는 모습이 안정감이 있어 보인다. 응원해 주고 싶다. 우리는 스쳐 지나가지만, 타인을 위해 말없이 응원하고 기도한다.

평소 달리기와는 무관하다고 생각한 내가 '달리고 쓰깅' 모임으로 뜬금없이 달리기를 해봤다. 이제 그동안 갈고닦은 정신력으로 넘겨볼 수 있지 않을까 생각해 본다. 하지만 나이는 어쩔 수 없어 집에 돌아와 뜨거운 황토 찜질팩으로 허리를 지지며 평소보다 더 시원한 느낌에 다시 드는 생각. '굳이 달리기를 해야 하나?'

진주 쓰깅

나에겐 자전거가 있다

박보경

여기저기를 즐겁게 거닐다 진주에서
보건교사로 지내며 더불어 산다.

서울에는 따릉이, 창원에는 누비자라는 공공 자전거가
있다. 두 도시에 살며 공공 자전거가 준 편리함과 경제적
이득, 정신적 건강 덕분에 승용차 없이 지냈다. 진주로
발령이 나면서 삶의 필수품을 챙겨야 했다. 바로 자전거.
새 자전거를 구매할지, 중고 사이트를 통해 구매할지
고민할 적에 친한 지인의 집에 놀러 가게 되었다. 베란다
한쪽에 세워진 자전거 한 대가 보였다. 지인이 타던
접이식 미니벨로였는데, 오랜 시간 타지 않고 베란다에
세워두었다고 했다. 진주로 떠나기 며칠 전 지인과 통화를
했다. 세워둔 자전거를 내가 좀 빌려 타면 안 되겠냐고.
마음씨 좋은 지인은 빌려주기보다 가져가서 수리해 타라고
했다. 뻔뻔스럽게 빌려달라는 내게 선뜻 내어주는 지인의
선행으로 자전거를 데려오게 되었다.

　　아버지랑 시간 맞춰 지인의 집으로 향했다. 베란다에
세워두고 반려묘 캣타워 역할을 했던 걸까, 자전거
바퀴 여기저기 뭉쳐진 고양이털이 보였다. 아파트
엘리베이터에서 본 주인과 작별 인사를 한 자전거는 고이
접혀 승용차 트렁크에 실렸다. 바퀴 바람이 빠져 있던 터라
바람을 넣어보고 문제가 있는지 점검해야 했다. 아버지랑
논의 끝에 가까운 자전거 수리점을 찾을 수 있었다. 다행히
오래 타지 않아 바퀴 바람이 빠진 것이지 고무가 삭거나
구멍이 난 상태는 아니었다. 자전거 바퀴에 바람을 넣고 바퀴

휠에 윤활유를 바르고, 자전거 잠금 열쇠를 구매했다. 수리를 마치고 아버지 승용차가 세워진 장소로 자전거를 이송해야 했다.

70을 넘기신 아버지는 설레는 맘으로 자전거에 벌떡 올라타셨다. 아버지 성격을 닮은 나는 평소 호기심 가득한 아버지 특유의 돌발 행동에 익숙하다. 30대 결혼을 하고 언니와 나를 낳고 가장으로 살며, 아버지는 자전거를 타고 편도로 1시간 넘는 거리를 달려 일을 다니셨다고 했다. 겨울이면 어머니가 도시락이 식지 말라고 흰 스티로폼 박스에 담아 일터로 실려 보냈다 했다. 그때 아버지의 유일한 교통수단은 두 바퀴 자전거였다. 그때가 기억나셨던 걸까. 아버지는 핸들을 좌우로 삐뚤거리며 신나게 시운전을 했다. 자전거를 집에 데리고 온 날 아버지는 승용차 트렁크에서 세차 도구를 꺼내 아파트 마당에 가지고 오셨다. 이내 수도꼭지를 틀고 고양이털이 엉켜 있는 바퀴 구석구석을 수세미로 닦으셨다. 2월 겨울 날씨에 맨손으로 자전거를 닦으니 손이 꽁꽁 터져 나갈 듯했지만 그럼에도 아버지는 구석구석 자전거 닦는 일에 몰두하셨다. 마치 갓난아기 똥 묻은 엉덩이를 씻어 내듯 조심히, 정성껏 말이다. 지금도 진주로 데려온 자전거를 탈 때마다 두 사람을 기억한다. 내게 자전거를 선뜻 보내준 지인과 자전거를 손수 닦고 기름칠해 준 아버지.

자전거는 페달을 굴려 체인을 움직이고 두 바퀴가
움직여 앞으로 달리는 구조이다. 나에게 자전거는 두 발로
걷고 뛰며 갈 수 있는 거리의 한계를 넘도록 도와준다.
자전거를 타고 나가면 어디든 갈 수 있을 것 같은 야무진
마음이 드는 까닭이다. 진주에서 자전거 타기는 남강 변을
달리며 시작했다. 남강 변 쭉 뻗은 자전거 도로는 턱도 없고,
신호등도 없으니 자전거 타기에 안성맞춤인 장소였다. 또
자전거를 타며 흙내 뒤섞인 비릿한 강 냄새를 맡는 것이
좋았다. 벌레들 소리만 가득한 어둠을 달리는 것도 좋았다.
이후 낮과 밤 시시때때로 강변을 달리면 강 가장자리 오래된
퇴적 바위들이 눈에 들어왔다. 검은 빛 바위들과 나무와 풀.

진주가 혁신도시로 지정되어 개발되는 과정에서
익룡이라는 중생대 공룡 발자국이 대규모로 발견되었다고
했다. 살아생전 익룡은 남강 변 진흙에 발바닥을 찍었고,
흙이 쌓이는 동안 퇴적층을 만들어 그들 흔적들이
보존되었을 것이다. 어느 날 내가 사는 신안동에서
'진주익룡발자국전시관'이 있는 혁신도시까지 1시간 남짓
페달을 굴렸다. 남강 변 자전거 도로를 달리며 바위와 풀숲을
지나 아주 오래전 이 땅의 주인을 만나러 갔다. 자전거
속도감이 더해지며 마치 과거로 달려가고 있는 느낌이
들었다. 전시관에는 익룡과 중생대 공룡들의 실제 발자국을
보존하고 있었다. 과거에 존재했으나 지금은 발자국이라는

흔적만 남기고 떠난 생명체를 만나며 묘한 기분이 들었다. 그때 감상을 짧게 메모해 두었다. '이 땅에 존재했던 생명체, 그들도 살다 간 곳, 나도 살다 갈 곳. 우리는 시대를 거슬러 같은 곳을 살다 간다.'

자전거를 본격적으로 타기 시작했던 때를 떠올려 본다. 코로나 팬데믹 시절, 답답한 마음을 풀 길이 없어 일과를 마치면 늦은 밤 한강으로 진입할 수 있는 버스정류장에 내렸다. 그곳에서 '따릉이' 공공 자전거로 갈아타고 한강 변 자전거 도로를 달리기 시작했다. 깜깜한 밤, 두 발을 굴려 달릴 수 있다는 것만으로도, 온몸으로 바람을 맞을 수 있는 것만으로도 답답함이 풀어졌다. 자전거를 타러 간다는 건 밖으로 나간다는 것이기도 했지만 결국 내 안을 달리는 길이기도 했다. 달리는 동안 꾹꾹 눌린 마음들이 흩어져 나간다. 그 자리에 빈자리가 생긴다. 다시금 여백에는 또 무언가가 쌓이게 될 테지만, 나에겐 자전거가 있다.

좋은 날을 받아야 해서

노연정

진주에 살며 걷고 쓰고 그린다.

나는 이런 말을 할 일이 거의 없다.

'내가 소싯적에는 말이야….'로 시작하는 성공의 역사.
미화되다시피 한 과거 회상 같은 거 말이다. 그리 잘나지
않은 다방면의 나는 나서고 드러내길 좋아하는 내 성향과
대치되어 무척 특이한 조합을 이루었다. 자랑하고 싶지만,
자랑할 게 없어 자신을 놀리는 재미로 사는 사람 정도랄까?
자랑은 해야 하는데 할 것이 없는 것의 부작용이라고 하면
맞을 것이다. "내가 어? 어떤 사람인 줄 알아? 나는 말이야,
구구단도 못 외워. 내가 말이야, 얼마나 길치인지 알아?
네가 고향도 못 찾아가는 그 기분을 알아?" 라테는 말이야로
시작해 자폭 개그로 끝나는 내 얘기다. 그럼에도 내 얘기를
구체적으로 해야 할 때다. 언제나 어디서나 누구에게나 내
얘기를 하고 싶은 자에게 브런치는 귀를 제공하니까. 더없이
고맙고 고마워서 고맙다. 일단 고마운 마음부터 좀 전하고
시작하자.

　　초등학교, 아니 국민학교 때다. 6학년 때 체육 선생님이
뜬금없이 교실로 들어왔다. 수업 중이던 선생님과 샤바샤바
후 나를 나오라 지목했다. 나로 말할 것 같으면 공부 못하는
모범생이라 선생님께 지적받을 일도 칭찬받을 일도 눈에
띌 일도 없는 아이라 심히 당황할 수밖에. 무슨 일일지는
모르지만 '착한' 까닭에 고분고분 칠판 앞으로 나갔다.

그러자 선생님은 모든 친구가 보는 앞에서 나를 만지기 시작했다. 추행을 했다는 게 아니라, 다리를 만져보더니 과제를 던졌다. "집에 가서 부모님께 육상부 들어가도 되느냐 여쭤봐라." 살다 살다 선생님께 지목 받고 모든 아이가 보는 앞에서 주목을 받은 적이 거의 없다 보니(6학년 오락부장으로 교단 앞에 선 적은 있다. 웃기는 아이라나 어쨌다나) 내가 뭣쯤 되는 것 같고 우쭐했었다. 이렇게 나는 우리 학교 육상 꿈나무가 되는 건가? 즐겁게 집에 갔다. 당최 인생에 중요한 게 없던 시절임에도 잠깐의 주인공 역에 고무된 나는 부모님께 중대사를 털어놓았고 단호한 대답은 "내 눈에 흙이…" 안 된다는 것이었다.

　문, 무관 모두 국가 통치에 필요함에도 굳이 그 옛날부터 이어져 온 문관 우대 사상은 우리집까지 이어져 내려온 거였다. 농업을 국가 근간으로 삼은 왕조 국가에서 상업을 말업으로 삼았던 역사에 비추어 그 '말업'을 하고 있는 구멍가게 장사치들이 운동을 천하의 천한 것으로 여긴 거다. 물론 무척이나 재주가 뛰어나 선생님이 찾아오시면서까지 읍소를 했다면 또 그 우쭐한 마음을 연료 삼아 운동을 시킬 수도 있었겠다. 하지만 그 정도로 명성을 얻고 세간의 관심을 받는 재능 소유자도 아니었던 나. 그렇잖아도 별 볼 일 없이 장사나 하는 집 딸이 공부도 아닌 운동한다는 '별 볼 일 없는' 조합이 마음에 안 드셨던 까닭이다. 그게 얼마만큼 인생을 바꾸고 내 성공과 성취에 도움을 주었을지는 모른다. 뭐 설사 그게 아니었더라도 체력은 키워줄 수 있었을 텐데, 부모님의 일언지하 거절은 (체력은) 국력을 키울 방편마저 날아가게 했다.

이제 와 찬찬히 생각해 보면 이어달리기나 달리기에 반 대표로 나가곤 했으니 그때 눈여겨본 선생님이 찾아오신 걸 수도 있겠다. 나는 그냥 선생님이 "키 큰 애 나와." 했고 그 애 종아리를 만져보고는 잘 달릴 상이다(종아리 어디 부분에서?)…. 판단한 거라고만 생각했는데 말이다. 그 당시 100m 15초 뭐를 뛰었으니 빠른 편이긴 했다. 대단한 실력은 아니지만, 출중한 재능은 없지만 연습으로 기능을 올릴 수준이었다고나 할까.

우리집은 (부산) 황령산 자락이 아름답게 뻗어 있는 산 중턱이었다. 내려가면서 쉬는 구간이 몇 군데 있는 걸로 봐선 산을 깎고 집을 지은 동네였을 거다. 지금은 (뷰 맛집) 아파트가 차지해 그곳을 다시 볼 수 없는 관계로, 상상이라도 하고 싶다면 지금까지 남아 있는 벽화마을—부산의 경치 좋은 달동네—을 찾아보면 될 성싶다. 그렇게 높디높은 곳에 살면서 학교를 뛰어서 다니느라고 최단 기록을 경신하곤 했었다. 학교 가는 내리막길. 초등학교 600m 0분 주파. 중학교 1km 0분 주파, 고등학교 500m 2분 만에 주파…. 매번 실패. 그 후 지각생으로 낙인찍혀 선생님께 전화 받음.

뭐 이런 기록과 전과와 역사.

라면만 먹고 뛰었다던 임춘애처럼 마른 몸을 한 나지만 역시나 그런 연유(임춘애와 닮은 몸매)로 내게 달리기와 다리 근육과 허벅지와 걷기 같은 것은 일상이었고 자연스러운 것이었다. 그러니 오래달리기, 마라톤, 단거리 달리기 뭐든 마르고 긴 나에게 어울리는 종목이었을지도 모른다. 거리가 얼마나 되는지 잘 모르지만, 서면에서 전포동 산을 넘어 문현동까지 걸어서 다니거나 돌아서 다니며 자주 걷던 어린 시절도 보냈다. 약하게 태어나 자주 앓고 아팠고 누워 있었던 (더) 어린 시절을 났지만 그렇게 자주 뛰어다니며 건강을 만들어 간 게 아닐까 싶다.

직장을 다니며 뛸 만한 거리가 아닌 곳을 회사로 삼고, 뛰기엔 다소 기능이 떨어지는 하이힐을 상시 착용하면서 뜀박질은 출근길 버스에서부터 회사까지, 택시에서 내려 회사까지가 다인 기간을 보냈다. 운동 부족과 나쁜 생활 습관 등으로 망가진 관절은 무릎에 주사기를 꽂아 물을 빼는 것으로, 굽혀지지 않아 방 닦는 건 포기하는 식으로 편해진 건가 싶게 나빠졌고, 이대로는 안 된다 싶어서 가본 병원에서는 종양이라는 사실을 알려주었다. 수술하자는 걸 몇 군데 교차 검진한 결과 한 병원에서 재발 우려가 99%에 신경에 너무 붙어 있어 까다로운 수술인 데다가 무릎이 굽혀지지 않고 아픈 건 다른 연유에서 그런 거니 "종양은

놔두자"는 결론을 들을 후 이렇게 별 일 없이(?) 살고 있는 내 무릎과 관절의 변천사.

달리기라. 과거 소환 이벤트겠다. 달리기를 끊은 지 어언 30년. 무릎이 붓기 전 가끔 헬스장에서 달린 거 빼면 달릴 일 없이 살았던 최근. 갑자기 달리고 싶은 욕망이라기보단 궁금함. 특히 내 무릎에 대한 호기심 같은 것이겠다. 무릎이 정상인처럼 대충 삐걱대더라도 견뎌줄까? 과연 나도 운동다워 보이는 운동인 달리기를 할 수 있을까? 나도 내가 무척 궁금하다. 달리기라는 매력적인 종목을 미지의 세계 탐험하듯 새롭게 알게 되리라는 기대, 퇴화하여 무용하다 생각한 무릎이 알고 보니 뜀박질도, 오래달리기도 되는 보통의 것이었다는 새로운 사실을—나에게만 탐험이 허락된 미지의 무릎 연골—인류 최초로 발견할지 모른다는 기대. 시작은 뭐가 뭔지 구분도 못하는 상태로 했지만 나올 때는 꽤 성과가 있을지도. 최소 하나의 사실은 알고 나올 테니 가성비 있는 헛발질일 테다. 그러니 안 할 이유보단 할 이유가 많다고 보고, 달려보자. 돌풍을 동반한 이 비만 그치면. 어두워 시야가 좁은 첫 '달릴 자'에게 발목 부상의 위험을 줄지도 모를 밤만 지나면. 달릴 자에게 누가 봐도 완벽한 날이 오면 나는 분명 달릴 것이다. 완벽한 날은 흔하게 찾아오는 거니까. 에헴.

　　　　진주 쓰깅

러닝화의 마지막 날

이병진

진주문고 기획자이자 북큐레이터로
책을 읽고 사람을 만나는 일을 꾸린다.

마지막으로 달린 건 지난여름 한가운데. 장마가 시작되고 있었나, 시작과 끝이 있다면 말이지만, 햇볕은 가려도 열기는 가리지 못하는 회색 구름이 낮게 드리워져 있었고 빗방울이 한 방울씩 떨어지고 있었다. 모처럼의 휴일, 느지막이 일어나 기지개를 켜는, 마음을 내려놓은 반나절. 잠깐 달리고 올게. 이렇게 비가 오는데? 신발이 다 젖을 텐데. 젖어도 되는 신발 신으면 되지. 젖어도 되는 신발. 낡은 신발. 호주 워킹홀리데이 시절에 신던 아디다스 크레이지퀵. 이제는 구할 수 없는 옛 모델. 닳아버린 아웃솔, 색 바랜 메시, 신발 끈을 잡아당기자 탄탄하게 발볼에 감겨오는 느낌이 그립고 반가웠다. 이 신발을 신고 많은 도시를 달렸다.

　케언스의 스카보로 비치, 퍼스의 스완강, 통영의 해안 일주 도로, 진주 남강 변. 새로운 도시를 감각하는 방법. 두 발로 도시의 스케일을 가늠해보는 일. 동서로 남북으로 한 시간 거리, 두 시간 위치에 무엇이 있는지. 내가 어디에 있는지. 내가 어디까지 갈 수 있는지. 나아가는 것도 돌아오는 것도 온전히 내 몫이라는 생각이 들었다. 기쁘게, 힘차게, 달릴 수 있던 때. 모르는 도시, 모르는 길을 달릴 때마다 가슴이 뛰었다. 그때처럼, 그 기억처럼, 걸음을 옮기는 동안, 딱딱하게 굳은 미드솔, 힘차게 발을 굴려 봐도 닫힌 문을 두드리는 사람처럼, 고개를 숙이고 발끝은 툭툭 차는 기분. 신발에 쌓여 있던 먼지처럼 오랜 시간이 지났다는

걸, 기다리던 사람은 떠났고 너는 다시 예전의 그 사람이
아니라고 말해주는 것처럼. 이 신발을 신고 달리는 일이
마지막임을 깨달았다.

역 앞 파출소 횡단보도와 육거리를 지나 천수교를 지날
때 비가 쏟아지기 시작했다. 이마를 타고 흐르는 빗방울,
뿌예진 안경을 쓸 수 없어 힙색 주머니에 접어 넣었다. 교각
아래서 비를 피하는 동안, 쉽지 않은 하루구나. 다투는 일도
혼자서 화를 내는 일도 당신에게도 나에게도 각자의 시간이
필요해. 시간. 스스로를 돌아볼 수 있는 시간. 헤집어진
감정이 차분히 가라앉고 나면 부끄러울지도 모르겠다.
부끄러움을 마주할 수 없어서 빗속을 달리러 나왔다. 앞이
잘 보이지 않는 편이 나을지도 모르겠네. 강변 산책로에는
사람이 없고. 나처럼 빗속을 달리러 나온 사람은.

가볍게 몸을 풀고 남강을 거슬러 달리기 시작.
머릿속으로는 하나둘 셋 넷. 익숙한 리듬에 걸음을 맞추며.
리듬에 겹쳐 있는 것들도 따라왔다. 김해 남강변에서
노을을 바라보며 달리던 때, 선임 후임들과 열을 맞춰
전차처럼 돌진하던 공항기동대 시절, 리듬에서 멀어지는
순간 낙오할까 봐 마음을 졸이며 달렸다. 좀 더 즐거울 때도
있었지. 혼자서 나선 길, 너른 안성평야 논밭 사이로 달릴
때, 해는 중천, 몇 개의 모서리를 돌다가 동서남북 방위를
잃고 처음 만나는 길로만 뛰어가던. 두 다리에 대한 믿음과

아무려면 하는 여유가 있던 오후도 생각났다. 멈추지 않으면 어디로든 이어지는 길. 어디로나 갈 수 있다는 믿음. 다시 새로운 곳으로, 다시 모르는 곳으로 떠날 마음이 너에게 있어? 새로운 사람이 되는 일.

차가운 빗방울이 시원하게 땀을 씻어내고 불어오는 바람이 등을 밀어내는 동안 남강댐 아래 습지원에 도착했다. 강은 더 이상 흐르지 않고, 흐르지 않는 강, 흐르지 않는 시간처럼 평평한 수면. 위로 떨어지는 빗방울들. 자잘한 동심원이 만들어내는 무늬. 징검다리를 건너다 멈춰 서서 그 속에 비밀이 있기라도 한 것처럼 바라보았다. 땀이 식고 오소소 소름이 돋을 때까지. 젖은 신발과 젖은 몸으로 다시 집으로 돌아가야 한다는 걸 깨달을 때까지. 집에서 따뜻한 물로 샤워하고 맥주를 마셔야지. 당신과 맛있는 음식을 시켜먹어야겠다는 생각과 함께. 멀리 가는 일이 어쩌면 돌아가는 일일지도 모른다고. 그리고 지금까지 그랬듯이 앞으로도 계속 달릴 수 있다고 생각했다.

진주 쓰깅

작게

김대성

며칠 동안 수업을 하기 어려울 정도로 가래가 끓고 목이 잠겼는데, 이렇다 할 이유를 찾진 못했다. 이럴 때 몸과 마음을 더듬어보게 되는데, 적어도 일주일에서 길게는 한 달 치는 챙길 수 있어야 하지 싶다. 먹고 자는 일, 마음 쓰고 생각한 것들을 차분히 챙긴다면 목이 잠긴 까닭을 알아차릴 수 있지 않을까 싶지만 어제 일도 가물거리는 형편이다. 나날이 나빠지는 게 아니라 천천히 나아지고 있어서 가볍게 뛰어봐야겠다 싶었다. 달리기가 이럴 때 몸과 마음에 어떻게 이바지하는지 살펴보고도 싶고, 혹은 얼마나 훼방을 놓는지도 궁금해서 여느 때보다 조금 이른 시간에 나섰다.

    달리다가 힘들다 싶으면 언제라도 멈추고 돌아갈 수 있는 '장림―다대포해수욕장' 길이 나아 보였지만 감천항을 끼고 달리고 싶어 그쪽으로 들어섰다. 은근한 내리막과 꽤 힘차게 올라야 하는 언덕이 있고, 오가는 차가 거의 없어 홀로 달리기 좋은 길이다. 봄에 가랑비가 내릴 때 이 길을 참으로 즐겁게 달렸던 날이 떠올랐다.

    대개 밤 11시 넘어서 달렸던 것과 달리 10시쯤에 달리니 이웃 나라에서 온 일꾼으로 보이는 이들을 여럿 지나치게 된다. 모두 감천항 쪽으로 가는 길인 듯한데, 그쪽에 마을이 있는 건 보지 못했는데 묵는 곳이 따로 있나 보다. 뒷모습으로, 냄새로, 낯선 말로 이들이 살았던 나라를 그려보며 조심스레 지나쳤다. 텅 빈 도로에 큰 트럭만 가득했던 길 한켠에 이웃나라 일꾼들이 옹기종기 모여 이야기꽃을 피우는 모습도 보게 된다. 저곳이 쉼터였구나. 버려진 곳이라 여겼는데 편의점 옆 공간에 여럿이 둘러앉아 왁자지껄해 보인다. 사람이 없을 땐 버려진 것처럼 보이는 곳이 쉼터겠구나 싶기도 하다.

더 천천히 달릴 생각을 하지 않고 더 신나고 즐겁게를 생각해서인지 요즘 자꾸 빨라진다. '작게'라는 낱말을 입안에 넣어둔 사탕처럼 내내 머금고 달렸다. '크게'가 아닌 '작게'라는 낱말을 내내 곁에 두고 있는 것에 대해서도 생각했다. 〈남들이 알아주지 않는 일, 그럼에도 애쓰는 일〉이라는 고리는 여전히 내 살림을 끄는 두 바퀴라고 할 수 있는데, 그 바퀴가 '크게'가 아닌 '작게' 곁에 있어서 다행이다 싶다. '작게'가 숫자나 크기를 나타내는 낱말이 아니라는 걸 조금씩 알아간다.

'작게'를 입안에서 공글리다가 비슷하지만 조금 다른 '잘다'라는 낱말을 떠올렸는데, 잘하는 길은 '크게'가 아니라 '작게'에 있다는 걸 가리키는 듯했다. 실은 잘하고자 하는 마음도 내려놓을 수 있어야 한다. 생각처럼 쉽지 않은 일 앞에서 매번 떠올리는 건 밥 짓는 일이다. 어느 한순간도 귀찮거나 어렵다고 여긴 적이 없고, 잘하고자 하는 마음도 없이 즐겁게 하고 마음껏 누리는 일. 이런 살림을 늘려가며 살림에 기대어 살아야겠구나 싶다.

살림문학

작게라는 살림

작게작게라고 하면 시가 되고

작게작게작게라고 하면 노래가 된다.

진주 쓰깅

그림자가 비추다

김대성

5월부터 진주를 오간다. 8월이 되었으니 한 계절을 오간
셈인데, 누구와도 사귀지 못하고 무엇도 좋아하지 못했다.
여전히 낯설게 오갈 뿐이다. 이번 주는 진주에서 하루
묵어야겠다 싶어 숙소를 잡고 그곳에서 남강까지 가는
길을 찾아보았다. 다들 여름휴가를 떠났는지 오늘 낮부터
〈살림글쓰기〉 모임에 나올 수 없다는 알림이 자꾸 울린다.
이런 날엔 서로 더 가까이서 살갑게 이야기를 나눌 수 있으니
저마다 쓴 글을 차근차근 짚어가며 이야기를 건네야겠다
싶어 여느 때와는 다른 이야기 몇 가지를 적어두었다.

늦은 시간까지 이어진 모임을 정리하고 숙소로 가 서둘러
옷을 갈아입은 뒤 남강 곁을 달렸다. 멀찌감치 바라만 봐왔던
터라 그저 이뻐 보이기만 했는데, 그 곁을 달리다 보니
새삼 강이 어떻게 흐르는지 궁금했다. 물살은 센지, 물빛은
어떤지, 아니 흐르고는 있을까? 남강은 어쩐지 흐르지 않는
커다란 호수처럼 느껴진다. 남강을 예쁘게 찍은 사진을 많이
본 탓이겠거니 생각하며 검은 남강 곁을 조용히 달린다.

잘 닦여 평평하고 깨끗한 길인데 이상하다 느껴질 정도로
심심하다. 무덥고 습도가 너무 높은 까닭도 있겠지만 여느
때와 달리 기운이 나질 않고 금세 숨이 찬다. 진주와 사귀지
못한 탓이다. 그러고서 곁을 누리고만 싶어 했기에 즐겁거나
기쁘지 않고 그저 숨만 찬 거다. 남강 둘레엔 가로등이
빼곡해서 장림에서 다대포 여기저기를 누비며 달릴 땐 본 적

없는 내 그림자가 내내 따라다녔다. 그 덕에 달리는 모습과
자세를 처음으로 찬찬히 보게 된다. 생각과 달리 몸통을 많이
움직이고 머리 흔들림이 심하다. 달리는 자세는 그리 나쁘지
않다 여겼는데, 그림자에 비친 모습은 형편없다. 달리는
동안 그림자를 피할 수 없었기에 형편없는 내 모습을 내내
마주하며 달렸다.

　낯선 자리에서 드러나는 말과 마음이 있다. 들통났거나
들켰다기보단 우연히 나타나기에 손쓸 수 없는 모습. 남강
결을 달리며 진주에서 드러나는 내 모습을 들여다본다.
달리는 내내 나를 따라오는 그림자가 그 모습을 비춘다. 누가
알아봐 주지 않아도 애쓰는 일을 계속 이어갈 수 있을까.
아니 애쓰지 않고 마음을 담아 건넬 수 있을까. 서운한
마음을 내비치지 않고 내 이야기를 차분히 이을 수 있을까.
무언가를 듣거나 발견할 수 있기를 기대하지 않고도 눈을
반짝이며 내가 지닌 것을 끝없이 내어놓을 수 있을까. 나는
오늘도 그러길 바랐으나 별수 없이 실패했다.

　잘 닦인 트랙을 심심하게 달린다. 남강 주변 건물과
거리는 이상하리만치 비슷한 모습이다. 남강이 진주를
풍요롭게 하는 게 아니라 망치고 있는 게 아닐까라는 생각을
해보았다. 누가 보더라도 보기 좋다 여길 수 있도록 매끄럽고
예쁘게 닦아놓는다면 남강이 외려 진주를 만나고, 느끼고,
누리는 데 훼방을 놓는 가림막이나 높은 문턱이 될 수도

있겠구나 싶기도 하다. 서울 인근 도시가 아닌 곳은 죄다
관광지로 만들어놓고서야 안심하는 눈길이 진주가 자랑으로
삼은 남강 둘레에도 가득하구나. 그리고 진주와 사귀지
못한 나는 고작 이런 까칠한 눈길로만 진주를 슬며시 바라볼
뿐이구나.

오늘 달리기는 숨이 차고 지친다. 그걸 떨쳐내려 달리는
속도도 오르락내리락한다. 여기저기를 둘러보고 다가가
말을 건네며 사귀지 않는 한 즐겁게 누릴 수 없다는 걸
알겠다. 달리기는 몸뿐 아니라 마음까지 펼쳐야 즐겁게
누릴 수 있다는 걸 남강 곁을 달리며 잠시 배운다. 오늘은
내내 '그림자'라는 낱말을 품고 달렸다. 그림자가 무언가를
가리는 게 아니라 비춘다는 것도 오늘에서야 알아차린다.
내 그림자로 인해 잠시 어두워졌을 자리를 떠올리며 내내
뉘우쳤다. 잘못과 못남이 비추는 자리를 쫓아 허겁지겁
달렸다. 땀을 뻘뻘 흘리며.

진주 쓰깅

모심글

이지원

덧붙이는 말

모임을 준비하며 달리기만 하고 쓰지 않으면 어쩌나, 하는 걱정이
앞섰지만 생각과 달리 달리기와 담 쌓고 지냈던 이들만 자리를
했기에(!) 참으로 특별한 글을 여럿 만났습니다. '얼마나 잘
달리는가'가 아니라 '한 번도 달리지 않았던 이가 달리기 첫 발을
내딛었을 때 무엇을 보고 느끼는가'로 가득한 글이었기 때문입니다.
이건 〈진주 쓰깅〉에서만 볼 수 있는 글이겠구나 싶었지요.

이지원 님은 달리지 않던 이가 달리기를 시작하며 느끼고 생각한
바를 살뜰하게 들려주었습니다. 여섯 편으로 이어지는 이 글에서
달리기는 예전 몸과 지금 몸을 잇고 느낌과 마음을 펼치는 데
이바지 합니다. 합천 여기저기를 내딛는 발걸음이 몸과 마음을
깨우고 그 두드림이 읽는 이에게 함께 달리자는 손짓으로
다가옵니다. 이를 모두가 누렸으면 하는 바람을 담아 〈진주 쓰깅〉을
하는 동안 썼던 글 모두를 묶어 모심글 자리에 놓아둡니다.

---

191   진주 쓰깅   모심글

뜻밖의 처방전

아침부터 시작되는 재채기에 손을 더듬으며 급히 휴지를 찾는다. 가을의 신호가 코에서 제일 먼저 시작된다. 아직 여름이 한 뼘은 남아 있는 것 같은데. 코끝을 간질이며 귀엽게 에취, 하고 싶지만 눈을 뜰 수 없을 만큼 연이어 터지는 재채기는 도저히 조절할 수가 없다. 가족들은 인간 분무기 같다며 침이 튈까 봐 얼른 도망을 간다. 따뜻한 레몬수로 목을 적시고 안정을 취한다. 잠시 후 요란했던 재채기가 멈추고 맑은 콧물이 흘러나오기 시작하면 이제 아침 준비는 할 수 있을 것 같다. 그래도 지금은 많이 좋아진 거다. 나의 2-30대는 늘 비염이 귀신처럼 머리에 붙어 있는 것 같았다. 그때에 비하면 지금은 약을 먹지 않고도 견딜 만하다.

　첫째가 두 살쯤이었을까. 아침부터 시작되는 재채기에 나는 도저히 아이를 돌볼 수가 없었다. 눈을 비벼대고 코를 닦으며 아이를 유모차에 태우고 급히 동네 약국으로 갔다.

가는 길에도 아이는 계속 보채고 떼를 썼지만 달래줄 힘조차 없었다. 약사는 부스스한 나를 훑어보고는 약을 주기 전에 먼저 약국 앞 거리를 뛰어갔다 오라는 처방을 내렸다. 이미 아이에게 비타민 사탕을 하나 물려주며 약사는 아이를 달래주고 있었다. 약사의 이상한(?) 처방이 당황스러웠고 당장 뛸 기력도 없어서 다음에 달려보겠다고 말하며 약을 받아 나왔다. 하지만 그 후로도 달리지는 않고 그저 빠르고 쉬운 방법으로 작은 알약을 삼키며 비염을 견뎠다. 비염과 육아는 나에게 마치 출구가 저 멀리 있는 터널과 같았다. 아이가 자라면서 그나마 생활에 조금씩 나를 돌볼 여유가 생긴 덕분에 비염도 조금씩 나아질 수 있었다.

하지만 마음에는 여전히 비염처럼 알 수 없는 과민 반응이 찾아와 나를 쿨럭거리게 했다. 아이를 마주하고 예민하게 우악거리다가 지르르 눈물을 흘리는 날이 예기치 않게 찾아오곤 했다. 아이들은 조금씩 자라고 있는데 나는 점점 사라지는 것 같아 불안했다. 어디로 쏘아야 할지 모르는 분노를 삼키기 위해 과격한 근력운동도 했다. 세탁실 옆에서 아령을 들고 혼자 땀을 흘리고 난 뒤 근육통을 느끼고 나면 그제야 마음이 조금 가라앉는 것 같았다. 어느 날은 무기력한 일상이 답답해서 밖으로 나가 무작정 달렸다. 거칠게 숨을 몰아쉬고 다리가 후들후들해질 때까지 뛰고 나면 그래도 정체되어 있다고 느낀 불안감을 조금은 날려버릴 수 있었다.

하지만 나를 돌보고 살리는 게 아니라 오히려 몸을 혹사하고 마음을 잠시 도피시키는 운동일 뿐이었다.

8년 전부터 집에서 혼자 요가를 시작했다. 차분하게 매트 위에 앉아서 조금씩 몸을 풀고 집중하다 보면 마음이 안정된다. 과격한 동작 없이 몸을 돌보면서 천천히 다가갈 수 있는 요가였기에 옆에서 아이들과 대화하면서도 함께 할 수 있었다. 꾸준히 몸을 돌보고 수련하는 시간이 쌓이다 보니 이제는 충동이 아닌 '지속적인' 달리기를 통해 편안해진 마음을 단련해 보아야겠다는 생각이 자연스럽게 들었다. 이미 도시에서는 달리기가 열풍이었지만 시골에서는 조금 빠른 걸음으로 걷는 어르신들을 많이 볼 수 있다. 함께 뛰고 동력을 주는 러닝 크루들은 없지만 타인의 열정에 기대지 않고 내가 할 수 있는 만큼만 달려보자고 생각했다. 그런데 때마침 '쓰깅'이라는 낯설고 희한한 모임을 진주에서 만나게 되었다.

달리기와 쓰기? 글을 쓰려면 글감이 있어야 하는데 달리면서 무슨 생각을 할 수 있을까. 〈달려라 하니〉처럼 엄마가 보고 싶은 갈망으로 뛰다 보면 결국엔 아무 생각도 나지 않게 되는 거 아닐까. 그렇다고 SNS에서 '오운완'(오늘 운동 완성) 인증을 하듯이 자신의 성과를 드러내면서 동기 부여를 하는 목적도 아니었다. 모임에 참석하신 분들은 오히려 달리기보다는 쓰기에 익숙한 분들이었다. 첫 모임을 마치고 집에 돌아오는 길에 알았다. 나에게는 잘 달리는 것보다 달리는 마음과 몸, 달리는 나의 형편을 글로 펼쳐보는 것이 더 필요한 처방전이라는 것을.

내가 달리는 길은 축구 경기장과 공원을 잇는 2.3km 둘레길이다. 옆에는 황강이 흐르고 강 건너편에는 높지 않은 갈마산이 있다. 합천에서 제일 큰 공원이라 각종 경기와 지역 행사는 모두 이곳에서 열린다. 근처에 10층이 넘는 아파트는 멀찍이 3-4동뿐이라 하늘을 바라보는 시야에 막힘이 없다. 하늘을 가리지 않는 거리를 걷는 건 도시에서 어려운 일이다. 시골이라서 하늘을 더 크게 볼 수 있고 사람이 만든 건물과 인공조명은 더 작게 볼 수 있어 다행이다. 여느 때보다 길었던 여름이 지나고 드디어 기온이 한풀 꺾인 날, 나는 저녁상을 조급하게 정리하고 설레는 마음으로 밖으로 나갔다. 달리러 나왔다는 것만으로도 자신감이 생기기 시작했다.

여름 끝자락이 나무에 달려 흔들거리고, 강물은 내 숨소리보다 조용히 흐른다. 나는 이 시간을 마음껏 누린다. 조명이 없어 앞이 컴컴하지만 이미 익숙한 동네 길이라 불안하지 않다. 눈을 뜨고 있지만 감은 것처럼 길을 달리는 두 다리에 집중해 본다. 중력은 나를 굳게 잡아당기지만 어쩌면 발돋움 할 수 있도록 지지해 주고 있다는 뜻밖의 발견에 발걸음이 조금 더 가벼워지는 듯하다. 달리며 쓰는

진주 쓰깅 모심글

글은 무엇이 다를까. 지면에 닿고 지면에서 뜨는 힘을
느껴보는 것, 두 다리만 믿고, 한 주먹만큼의 심장을 믿고
나아가는 것은 글쓰기와 닮았다. 이번 기회에 달리는 몸과
쓰는 몸을 이어보고 싶다. 쓰기가 희미해지는 나를 다시 찾게
해준 것처럼 나에게는 나 자신을 믿고 나아가는 힘이 너무나
필요하다.

내 특별한 러닝 크루는 이렇게 시작되었다.

달리는 꿀맛

손목에 찬 스마트 워치가 아직 어색하고 불편하다. 평소 목걸이, 귀걸이도 그런 느낌에 잘 하지 못하는데 언제부터인가 손목에 반짝이는 둥근 화면이 딱 붙어서 내 발걸음과 심박수까지 알아채고 있다니. 아무래도 찜찜하다. 멈추지 않는 기술 발달이 끔찍한 미래를 만들 거라고 걱정하고 있지만 이렇게 신기방기한 기술의 원리를 전혀 이해하지도 못하면서 그저 편하다는 이유로 넙죽 사용하고 있다. 그런데 오늘 손목 위에서 축하의 팡파르가 울렸다.

'첫 5km 달리기 성공' (달리기보다는 걸어간 거리가 훨씬 길다.)

퇴근 후 6시, 아이들과 집에 들어와 부엌으로 향한 나는 급히 팔을 걷어붙이고 김치와 양파, 양배추를 총총 썰어서 프라이팬에 볶는다. 김치볶음밥을 완성하는 데 10분, 그리고 껍질째 썬 사과 한 접시. 이렇게 한 그릇 식사로 저녁을 준비했다. 뭔가 아쉬운데, 콩나물국이라도 끓일걸,

진주 쓰깅 모심글

아이들은 스스로 냉장고에서 치즈를 한 장 꺼내어 밥에 올려 먹는다. 그래도 오늘은 채소를 어제보다 좀 더 먹였어. 오늘 밥상에 스스로 싱거운 위로를 한 뒤 나는 물만 한 컵 마시고 아이들이 깨끗이 그릇을 비울 때까지 주변 정리를 한다. 드디어 밥알 한 톨 남기지 않은 세 그릇을 치우고. 곧 8시다. 출발해야지.

8시가 되면 우리 동네는 편의점 말고는 거의 문을 닫아서 주위가 어두컴컴하다. 대형트럭이 길가에 주차되어 있어서 밤이 되면 길이 더 좁아진다. 편하게 걷고 달릴 수 있는 공원까지는 어둠을 뚫고 10분을 달려야 한다. 잠시 두려운 마음으로 어두운 골목을 도망치듯 달린다. 공원에 도착하니 살짝 내린 비로 땅이 부드럽다. 그 위에 마른 잎사귀가 밤공기와 섞여 가을밤의 냄새를 만든다. 두려움과 긴장을 한가득 내쉬고 비어 있는 가슴에 가을 숨을 들이켠다. '이제부터 제대로 달려야지.'라고 마음먹지 않았다. '그냥 한번 살짝만 해볼까? 흉내라도 내보는 거야~'라는 나뭇잎 한 장만큼 가벼운 마음으로 시작해 본다. 그런 마음으로 며칠 전 평소 신던 운동화에 아무 양말이나 대충 신었더니 양말이 계속 미끄러지는 느낌이 불편했다. 워치도 없어서 혹시 집에 있는 아이들이 전화할까 봐 휴대전화를 들고 달렸더니 어깨도 아프다.

아무 준비 없이 몇 번 달려보고 나서야 준비를

해야겠다고 느꼈다. 미끄러지지 않는 러닝 전용 양말
한 켤레를 사서 신고, 손목에 워치를 단단히 차고 준비
완료. 전보다 훨씬 편안한 상태로 달린다. 오늘은 10분만
달려볼까. 아직 초보니까 무리하면 안 돼. 그런데 생각보다
힘들지 않아서 계속 달릴 수 있을 것 같다. 그러면서 그 짧은
순간에도 걱정한다. 내일 아프면 어떡하지, 생각보다 달리는
게 편한데도 나는 내 몸을 믿지 못하고 있다. 의심스러운
마음으로 몸에 집중해보니 발목에서 허벅지로, 복부로 힘이
들어가는 부분이 조금씩 달라진다. 3-3으로 규칙적이었던
들숨 날숨도 2-2로 바뀐다. 귓가로 스치는 바람 소리가
거칠게 들린다. 짧은 시간 동안 내 몸 구석구석 변하는
반응을 발견하고 느끼는 것이 재밌다.

　　내 몸이 갑작스레 달리는 주인을 살리기 위해 여기저기서
배열을 맞추고 바삐 움직이며 나를 도와주고 있다는
사실을 알아차린다. 문득 몸에 대견함을 느낀다. 그동안
나는 아프다고 골골대면서 몸이 가진 능력을 믿지 못했다.
요가에서는 몸의 정렬이라는 표현을 종종 쓴다. '바른
상태'는 어떤 동작을 하는 데 편안하고 자연스러운 몸의
자세다. 이제 달리기를 통해 편안하고 자연스러운 새로운
몸의 정렬을 조금씩 알아가는 것 같다. 집에 들어와 붉어진
얼굴을 찬물로 씻고 얼른 삶은 고구마 반쪽과 구운 계란
하나를 먹었다. 정말 꿀맛이다.

달리며 요가해요

165cm에 57kg. 어깨와 골반이 넓고 팔이 긴 편. 통통한
엉덩이에 비해 빈약한 가슴. 한 주먹만큼 늘어진 뱃살.
인바디 71점. 체지방이 많은 편은 아니지만 근력은 턱없이
부족.

거울로 보고, 기계로 측정한 내 몸은 위와 같다. 몸을 읽지
못하고 '보기'만 하면 무척 단순하고 짧게 설명할 수 있다.
출산과 육아를 겪으며 잘 먹고 잘 싸고 잘 자기가 모두
어긋나버리자 부족한 체력은 정신상태까지 끌고 내려와
바닥을 쳤다. 자기 몸을 돌보지도 못하는 사람이 나에게
생명을 의지하는 또 다른 생명체를 돌본다는 건 정말 말도 안
되는 일이었다. 다행히도 지금은 몸과 마음이 그토록 힘든
시간을 지나왔고 서서히 회복되어 가는 중이다. 몸을 읽기
시작한 것은 '요가' 덕분이었다. 몸을 단순히 남에게 보이고
거울을 통해 보는 것으로 여겼던 것은 몸을 이해하는 능력이

없었기 때문이다. 읽기와 보기는 무엇이 다른가. 문해력, 리러러시를 이야기하는 요즘 아무래도 문해력의 핵심은 맥락 속에서 관계를 깊이 이해하는 일이라는 넓은 의미로 여겨진다. 대화 속에도, 영화 감상에도 심지어 운동에도 문해력은 필요하다. 몸도 마찬가지다.

요가는 여러 가지 기묘한(?) 자세를 취하면서 동작의 완성도를 보인다. 고수일수록 남들이 하기 어려운 자세를 마치 묘기를 부리듯(과연 연체동물이 아닌가?) 해낸다. 요가 열풍은 많은 요가 강사와 그들의 아름다운 몸짓(외형)으로 수련자들을 모으기도 한다.

하지만 요가는 보이는 자세가 전부가 아니다. 여러 동작을 취하며 내 몸 안에 기운의 흐름을 느끼고 발견하는 것이 최종 목표다. 요가는 흔히 명상으로 모든 생각을 비운 상태라고 생각하지만 실은 몸을 탐구하기 위해 호흡과 기운에 몰입되어 있는 상태이다. 고수도 아니고 제대로 이론을 공부한 강사도 아니지만 지금까지 내가 경험한 요가는 이러했다. 유연하게 깊은 스트레칭을 하는 것처럼 보이지만 그 동작 안에서 몸의 구석구석을 살피다 보면 5분의 부동 시간에도 몸 안에 이야기가 흐른다. 혼자서 유튜브를 보며 엇나간 박자로 요가 강사를 따라 하다 보면 내 몸의 이야기를 읽어내기 어렵다. 그래서 나는 어느새 강사의 말을 듣지 않고 내 안의 흐름을 좇아 이런저런 자세를 연결해 본다. 그러다 보니 어느 순간 절대 할 수 있을 것 같지 않았던 '머리 서기'도 자연스럽게 다음 동작으로 이어지듯 완성되었다. 무더웠던 올여름 어느 날 옷장 앞에서 머리 서기를 완성하며 느꼈던 몸에 대한 경외감과 신뢰는 잊을 수가 없다. 결국 몸은 나를 이끌고 나를 세운다는 사실에 세포와 근육과 모든 뼈에 처음으로 고마움을 느꼈다.

'신이 내 안에 있다는 어떤 종교의 가르침은 어쩌면 진실이겠구나'라는 감탄마저. 그렇다면 그 신은 손톱이거나 세포이거나 작은 솜털이기도 하다. 어느 날 혼자 수련을 마치고 샤워를 하다가 발가락을 보며 느꼈던 신비로움이 떠오른다. 요가를 너무 정신적으로 해석하고 종교로 넘어간 게 아닌가 여길까 봐 쉽게 꺼내어 본 적 없는 말이다. 방 한구석에서 혼자 수련하며 몸의 에너지를 음미하고 내 안의 신을 느낄 때 고요한 그 지점을 나는 홀로 느끼고 사랑하고 있다. 요가 매트의 크기는 가로 1,830mm, 세로 610mm. 딱 이만큼의 공간만으로 고요와 평화를 충분히 누릴 수 있다. 어디에서든 (거실, 좁은 세탁실 옆, 침대 아래) 요가를 하며 호흡의 파도 소리를 들을 수 있다. 숨으로 하얗게 부서지고 거품처럼 사라질 수 있는 그런 황홀한 죽음을 상상하며.

요가의 은혜를 누리면서도 달리기를 갈망한 건 요가를 통해 깨닫고 믿게 된 내 몸을 다른 운동으로 확장해 보고 싶은 마음이 들어서였다. 조금씩 차오르는 자신감으로

도전하고 느껴보고 달라지는 몸과 마음을 경험하고 싶다. 특히나 집에서 혼자 하는 요가와 달리 밖으로 나가 외부 환경을 오롯이 받아들이는 연습을 할 수 있는 것도 달리기를 하고 싶은 이유였다. 쓰깅과 함께 달리기를 시작한 지 벌써 2주가 지났다. 시작한 후로 매일이 신기록이다. 오늘은 처음으로 16분을 쉬지 않고 달렸다. 속도와 거리에 상관없이 달리고 싶은 만큼 달려보자. 목표 거리나 시간은 없다. 나는 마치 요가를 하듯 달리면서도 몸을 자연스럽게 읽고 있었다. 흐름이 어디로 향하는지 조금씩 손가락 끝이 따뜻해지는 순간도 느껴보고 왼쪽 무릎 뒤가 어떻게 당기는지 관찰하면서 달린다. 작은 통증과 감각의 변화에서 몸의 소리를 듣는다.

사실 오늘은 아침부터 생리 증후군으로 두통과 아랫배가 묵직하고 알싸했다. 자궁의 소리를 존중하기로 하고 오늘은 달리기 대신 돌돌 말린 요가 매트를 펼쳤다. 매트에서 평화롭게 40분 정도 가벼운 요가를 마치고 나니 어느새 아랫배의 묵직함과 두통이 씻은 듯 사라졌다. 몸이 가벼워져서 달리러 나갈 수 있겠다! 반가움에 운동화 끈을 조이고 밖으로 나갔다. 가벼운 발걸음. 오늘은 어제보다 1분이라도 더 달려볼까.

그런데 무슨 일인지 달리기가 어제와 또 다르다. 멈추고 싶지 않다. 근력도 부족하고 저혈압이고 제대로 된 달리기 자세도 모르는데 달리는 순간이 이렇게 편안하다니. 달린 지 15분쯤 되자 내 몸에서 설명하기 어려운 신기한 느낌을 받았다. 어릴 때 보던 세일러문이나 요정들의 변신 장면처럼 휘리릭 한 바퀴 돌면서 막 빛 가루가 쏟아지고 옷과 몸이 변하는 것처럼. 갑자기 몸통, 등과 갈비뼈 전체가 사이다에 빠지는 느낌. 시원하고 반짝거리는 탄산 기포가 터지는 느낌. 어머 이거 뭐야. 어머머. 나는 처음 들어보는 몸의 신호에 당황했다. 헛것을 본 듯한 표정으로 멍하게 집에 돌아왔다. 방금 이건 뭐였을까. 달리기 30분이 지나면 또 어떤 변신을 하게 될까. 내 몸의 새로운 이야기를 읽어보고 싶은 기대감으로 오늘도 꿀 고구마와 꿀 계란을 먹고 '꿀잠'을 잔다.

달릴 수 있는 특권

난생 처음 우중 달리기 최고 26분
3주 차 최고 기록 30분

바닥에 떨어진 노란 낙엽에 햇살이 비쳐 반짝인다. 눈이
부시다. 공원 입구에는 고양이 커플이 서로 비스듬히 앉아
햇살을 골고루 나눠 먹고 있다. 덩치가 큰 누런 고양이가
아마도 암컷이고 덩치가 조금 작은 검은 고양이가 수컷인
듯하다. 늘 암컷이 조금 더 높은 곳에 앉아서 수컷을
내려다보고 있다. 두 고양이는 가끔 트랙을 산책하며 (소리
없이 나긋하게 걸으며) 코를 맞대고 뺨을 비빈다. 갑자기 내
앞에 등장한 사랑스러운 장면에 급히 폰을 꺼내서 사진을
찍어본다. 타이밍이 맞지 않아서 명장면을 놓쳤다. 달리기를
시작하려고 하니 어느새 내 뒤로 고양이 두 마리가 쫓아오고
있다. 나? 주변에 다른 사람이 없어서 분명 나를 따라오는
건데. 무시하고 갈 수가 없어서 머뭇거렸다.

"미안한데 지금 나는 맛있는 것도 없고 가봐야 해, 다음에 멸치라도 가지고 올게."

신기하게도! 고양이들이 알았다는 듯이 방향을 바꾼다. 말을 건넨 나도 어쩌면 알아들을 거라고 기대한 게 맞지만 이렇게나 사람처럼 반응할 수 있다니. 심지어 돌아가는 두 고양이는 서로에게 귀를 가까이 대고 소곤소곤 내 이야기를 하는 듯했다.

"거봐 내가 머랬어, 먹을 거 없을 것 같았다니까."

"그래도 다음에 멸치 갖고 온대잖아~"

고양이는 나에게 무엇을 기대했나. 문득 사람들이 나에게 기대하는 것들 앞에서 쩔쩔매는 내 모습이 떠올랐다. 지금도 고양이들 앞에서 사과하는 상황이. 때론 사과도 하지 않고 도망가기도 했지만. 나에게는 퍽 익숙한 상황이다. 하지만 이제 고양이가 아닌 사람들에게는 사과하지 않는다. 그들의 기대는 그들의 환상이었으므로 내 탓이 아니라며 자책을 거둔다.

멸치를 가져오기 위해 내일은 멸치육수를 내고 달걀 만둣국을 끓여야겠다. 고양이 커플을 뒤로하고 천천히 달려본다. '지난번 26분에서 오늘은 30분까지 달려보자.'라는 조금 구체적인 목표를 가지고. 낮 12시에 달리는 사람은 없다. 공식적인 점심시간인데 나는 간단한

아침을 먹고 집 안 정리를 하고 나와 여유롭고 자유롭게
달리고 있다. 이런 나를 누군가는 햇살에 누워 있는 팔자
좋은 고양이를 보듯이 볼 수도 있지 않을까. 정말이지 '팔자
좋은 고양이'처럼 살고 있긴 하다.

　몇 해 전 토요일에 아이들을 남편에게 맡기고 동네
도서관으로 달려갔다. 책을 한 아름 빌려 안고 나오는데 그
모습을 우연히 본 이웃 아저씨(아는 언니 남편)가 집에 가서
아내에게 "누구 엄마는 팔자도 좋아, 혼자 저렇게 책이나
읽으러 다니고"라는 말을 했다고 한다. 그 언니는 남편 말을
전하며 자기는 주말이면 밀린 집안일에 아이들을 돌보는
동안 남편은 스크린골프를 치러 밖에 나가고 없다며 푸념을
늘어놓았다. 나는 그들 눈에 남편 잘 만난(?) 팔자 좋은
아줌마인 것이다. 사실 아이가 있는 집 주말은 평일보다
더 분주하고 정신없기 마련이다. 나는 아주 간만에 겨우
1시간, 도서관으로 숨을 쉬러 나왔던 것인데 꿀맛 같은
잠시의 숨구멍이 누군가에겐 좋은 팔자로 보일 수도 있구나.
이 동네는 대한민국에서 가부장 정신이 상위 10% 안에
드는(개인적 통계) 경남 시골이다. 이런 기울어진 운동장에서
집안일과 아이들 양육을 뒤로하고 책을 읽는 모습이
이기적이거나 팔자 좋은 모습으로 보이는 건 당연할지
모른다.

　언제부터인지 결혼한 여성이 씩씩한 모성애와 자상한

아내로 살아가는 것이 행복이라는 가설에 의문이 생겼다. 주어진 행복 대본을 그만 내려놓고 내 모습대로 나 스스로 행복 대본을 다시 써야겠다고 다짐했다. 그러기 위해서 집안 살림이 조금 엉망이어도, 아이들을 조금 방치해도 나를 먼저 돌봐야 한다. 앞으로 10여 년은 돌봄 노동을 감당해야 할 노동자가 자신의 몸과 마음을 살피지 않으면 어떻게 제대로 돌볼 수 있을까. 몸과 마음이 무너지고 어질러진 파편 조각 앞에서 내가 처음 마음먹은 것은 어이없게도 배에 힘을 주고 허리를 꼿꼿이 펴는 일이었다. 자신을 돌보지 못하고 오래 지친 사람은 몸이 앞으로 구부러진다. 흐물흐물해진 배와 축 처진 어깨를 먼저 펴는 일이 해결 시작이라고 생각했다. 3년의 시간이 지났다. 나는 기울어진 운동장을 도망치지 않았고, 땅을 갈아엎지도 못했다. 다만 꼿꼿하게 펴진 허리와 가벼운 다리는 주어진 장애물을 폴짝 건너뛰도록 만들었다. 이렇게 글을 쓰는 혼자만의 시간을 갖기가 종종 어렵고 여전히 가정을 위한 돌봄과 기획 노동을 해야 하지만 그것이 예전처럼 나를 불만과 피곤함으로 눕히지 않는다. 팔자 좋은, 이기적이라고 말하는 남 시선도 개의치 않는다. 기울어진 운동장에서 나는 구부러지지 않고, 넘어지지 않고 바르게 서는 방법을 찾았다.

　달리기를 시작한 지 4주 차가 되었다. 달리러 나가기 10분 전부터 마음이 설렌다. 아직 심박수가 오르지도

않았는데 설레는 마음. 마라톤을 나가겠다는 계획도 없는데
뭔가 이루고 있다는 느낌. 바로 달리는 자부심이다. 하지만
이 자부심이 달리지 못하는 이들에게 우월감이 될 수도
있기에 나는 이 자부심을 팔자 좋은 달리기라고 여긴다.
달리는 마음과 시간을 낼 수 있는 것도 나에게 '주어진'
또 다른 특권이 아닐까. 이 달리는 우월감을 '달릴 수 있는
특권'으로 감사히 여기며 더욱 힘차게 달려야겠다. 어느새
내년 합천 벚꽃 마라톤에서 달리는 내 모습을 상상하고 있다.

진주 쓰깅 모심글

스침과 마주침

요가는 운동이라기보다 명상과 마음 훈련에 가깝기 때문에 어제와 오늘의 동작을 정확하게 따질 수 없고 운동 시간으로 운동량을 파악하기도 어렵다. 마찬가지로 내 안에 얼마큼 책이 쌓여 가는지, 어떤 형태로 내 생각을 만들어 가는지 읽기만 해서는 도무지 알 수 없다. 요가와 읽기는 에너지가 안으로 향한다는 공통점도 있다. 집 앞 늪을 닮았나. 나는 어느새 숨소리도 내지 않고 죽은 듯 숨을 쉬고, 걸쭉하게 이것저것을 품고 덮었다. 굳이 밖으로 나가 타인의 시선을 신경 쓰면서 숨이 차오르는 것, 헝클어진 지식과 질문을 정리하는 것. 그동안 내가 회피한 경험들이다.

그런데 이제는 에너지를 펼치고 밖으로 내보내는 달리기와 쓰기를 시작하게 되었다. 집에서 몸을 어떻게 꼬고 비틀어도 신경 쓰이지 않는 요가와 달리 동네 공원을 헉헉거리며 달리는 것은 남 시선을 신경 쓰게 된다. 양말 색깔이 너무 튀지 않나, 땀 냄새가 지나가는 사람한테 풍기면 어떡하지? 숨소리가 너무 거친 거 아닌가 등등. 더군다나 쓰기는 누군가에게 읽히는 경험이 되어 쓰는 내내 읽는 이를 생각하지 않을 수 없게 한다. 신경 쓰는 마음으로 오전 시간을 달리기와 쓰기로 채우면서 그동안 마음에 머물고 질문이 걸린 책들이 조금씩 머릿속 책장에 차곡차곡 정리되고 있다.

공원을 달린 지 한 달이 되어간다. 조금 익숙한 몸들이 보인다. 낮과 저녁 어떤 이들이 스쳐 지나가는지 점점 알 수 있다. (얼마 후면 눈이 마주칠 때 가벼운 목례라도 할 수 있을 것 같다.) 이렇게 요즘은 접힌 부분을 조금씩 펼치고 있다. 하지만 여전히 부끄러움과 자책으로 뒤범벅된 감정은 마주침을 피하고 그저 스치기만 하고 싶다. 오래 접혀 있던 부분에서는 냄새가 난다. 썩지 않았는데도 이렇게 고약한 냄새가 날 수 있을까.

엄친딸, 니가 부족한 게 뭐가 있니 그 정도면. 복이 터졌지. 너 정도면 나는 더 바랄 게 없겠다. 네가 나중에 아무리 글을 잘 쓴다고 해도 네 글에는 절대 아픔이란 게 없을 거야. 네가 상실이 뭔지, 아픔이 뭔지 알기나 해? 그게 너의 한계야. 마치 상실감을 흉내 내는 듯한 표정이 역겨워. 너는 금세 해맑음, 완전 맑음으로 갈아탈 수 있는 애잖아. 너 단순한 사람 아니었어? 왜 그렇게 복잡한 척 해? 재미있는 것만 좋아가는 사람. 넌 또 변할 거야. 변하고 잊겠지.

너는 관계에서 갑이 되려 하지. 너는 을이 된 적이 없으니
모르겠지만. 사랑이 뭔지 모르는데 네가 엄마가 되다니.
지금까지 네 마음대로 했지. 결국 너는 네가 원하는 것만 해.
기대를 풍선처럼 부풀리고 결국 터뜨려버리는 게 네 특기지.
사람을 농락하는 거야 그거. 너는 또 어디로 도망갈지 몰라.
너의 그 부분을 결코 마주할 용기가 없을 테니까. 끊임없이
도망만 다니겠지. 그냥 계속 그렇게 살아. 한없이 가볍게.
깃털보다, 먼지보다 더. 먼지만도 못한.

어쩌다 글이 여기까지 흘렀나. 아니 마음이 하수구로
내려왔나. 다시 올라가야 하는데. 달리기와 쓰기를 긍정으로
느끼고 일상이 밝게 변했다고. 그렇게 말하려고 했는데.
역시나 펼침은 감당하기 힘들다. 못 본 척, 못 들은 척하고
스쳐 지나가려 했던 말과 눈빛을 마주하는 건 더 훈련이
필요한가 보다. 날이 추워졌다. 추운 날이면 더 옷을 껴입는
게 사람인데 나무는 반대로 잎을 다 털어내고 가지만
남는다. 하지만 나는 겨울나무가 여름 나무보다 더 포근하게
느껴진다. 창가로 새들이 숨은 나뭇가지 사이를 살펴보다가
오늘은 달리는 대신 운동화를 벗고 맨발로 천천히
걸어야겠다고 생각한다. 오늘은 스쳐 가는 것보다 마주쳐야
할 것들에 머물고 싶다.

멈추지 말고 계속 춤추어라

드디어 출발 지점이 가까워진다. 20여 분 전 얼굴에 썼던
햇빛 차단 머플러는 팔목에 감겨 있고, 걸치고 나왔던 셔츠는
허리에 헐겁게 묶여 있다. 얼굴이 뜨거워졌다. 티셔츠 단추를
한 개 더 풀었다. 이제 겨우 한 바퀴(2.3km) 돌았다. 멈출
이유는 없는데 멈출까 말까 망설인다. 멈출 이유도 없지만,
더 달려야 할 이유도 없기 때문이다. 두 가지 선택을 두고
고민하다 호흡이 흔들린다. 아무 이유도 없이 숨이 차오르게
달린 적이 있었나? 기억을 더듬어본다. 바싹 마른 낙엽
사이에서 아직 마르지 않은 낙엽 하나를 찾으려는 것처럼.

　　동화책《빨간 구두》이야기다. 예쁜 소녀는 선물로 받은
빨간 구두가 너무 좋아서 할머니 장례식에도 자신의 외모를
뽐내기 위해 그 구두를 신고 간다. 장례를 마치고 교회
앞에 있던 문지기는 소녀에게 저주를 건다. '멈추지 말고
계속 춤을 추어라, 빨간 구두야'라고. 소녀는 종일 거리와
숲에서 몸이 망가지고 울며 비명을 지르면서도 춤을 멈출

수 없었다. 괴로움 끝에 소녀는 지나가는 목수에게 자신의
다리를 도끼로 잘라달라고 부탁한다. 그리고 평생 바닥에
앉아 수녀원에서 회개하는 마음으로 살아간다는 결말이다.
작은 동화책에서 본 예쁜 소녀의 얼굴과 반짝이는 그 구두는
나에게 끔찍한 저주의 이미지로 남아있다.

청소년기와 청년기를 보내면서 나에게 빨간 구두는
욕정이고 연애였다. 나는 서울에서 남녀공학인 중학교를
졸업하고 대구로 이사해 여고를 다녔다. 고1, 같은 반이었던
눈이 작고 양 갈래로 야무지게 머리를 땋은 친구는 자기의
남자친구와 남자친구의 친구와 더블데이트를 하자고
제안했다. 일본 로맨스 만화에서만 보던 교복 입은 커플들
더블데이트라니! 콜! 지금껏 남자친구는 없었지만 소개팅도
아니고 부담스러울 것도 없다 생각했다. 친구는 갑자기
만나면 어색할 수 있으니 서로 문자라도 먼저 주고받으라며
남자아이의 번호를 건넸다.

'난 지금 야자 마치고 집에 가는 길 ㅠ 아~ 떡볶이 먹고 싶다.'
'오늘도 공부하느라 수고했어~ 다음에 만나면 같이 떡볶이 먹자. 나도
떡볶이 좋아해^^'

얼굴도 모르는 남학생과 주고받은 몇 번의 다정한 메시지.
종종 일상과 날씨와 감정 상태를 공유하는 이성이 있다는

사실은 크리스마스트리에 붙어 있는 작고 노란 알전구처럼 마음속에서 천천히 깜빡거렸다. 그러던 어느 날 휴대전화를 집에 두고 등교했는데 집에 돌아오니 부모님 표정이 낯설었다. 엄마는 자세히 묻지도 않고 네가 이런 아이일 줄은 몰랐다며 배신감을 느낀다고 말했다. 얼굴도 모르고 아직 만난 적도 없다고 설명했지만 나는 이미 엄마에게 밖에 나가서 남학생과 '뒹굴고' 온 여학생이 되어버렸다. 앙큼하고 음란한 계집애. 얌전한 고양이가 부뚜막에 먼저 올라간다더니. 나 참. 옆에서 아무 말 없었던 아빠는 너무나 '실망'했다는 표정으로 나를 바라보았다. 울고 싶었지만 울지도, 대들지도 않고서 나는 조용히 방으로 들어가 그 남학생 번호를 지웠다. 방문 밖에서 엄마의 한숨 소리와 나에게 실망했다는 푸념이 계속 들려왔고 나는 난생처음 수치심을 느끼며 괴로워했다. 남학생에게는 아무 인사도 하지 못했고 기대했던 더블데이트는 취소되었다. 그날 이후로 나에게 정욕이란 부모님을 배신하는 것, 음란한 것, 죄와 저주의 결말로 연결될 수밖에 없었다. 부모님이 읽은 남학생의 마지막 메시지는 새빨간 에나멜 구두였을 뿐이다. '오늘 날씨가 꽤 춥대~ 옷 따뜻하게 입고 나가~'

　그 후, 20대가 되어서도 내가 빨간 구두를 신으려고 할 때면 번번이 할머니의 장례식이 열렸고 문지기의 저주가 들렸다. 그때마다 나는 빨간 구두를 침대 아래 넣어두고 검은 신발을 신을 수밖에 없었다. 구두를 몰래 신고 나간 날에는 언제든 내 발목이 도끼에 잘릴지도 모른다는 두려움에 떨었다. 구두를 신은 모습에 기쁨을 느끼는 마음과 할머니 죽음을 슬퍼하는 마음이 왜 양자택일의 상황이 된 걸까. 그 선택지는 누가 만든 걸까. 아이들에게 이 책은 대체 무엇을 말하려는 걸까. 엄마가 되고 나서야 아이들에게 읽어줄 동화책을 고르다가 깨달았다. 이 말도 안 되는 동화책이, 말도 안 되게 나에게 새겨져 있었다는 것을.

　　달리다가 왜 이 기억을 줍게 된 걸까. 생각해 보면 사랑 말고는 이유 없이 이렇게 숨이 차본 적이 없다. 빨간 구두가 없이는 계속해서 춤을 출 수 없다. 계속 춤을 춰야 한다면 구두를 신어야 한다. 소녀는 목수에게 발을 잘라달라고 부탁하지 말았어야 한다. 마지막까지 춤을 추고 구두를 신은 채 쓰러져야 한다. 소녀를 고통스럽게 한 것은 쉬지 못하는 춤이 아니라 할머니에 대한 아무 소용없는 죄책감이었으니까.

할머니를 슬퍼하면서 춤을 춰도 돼. 네가 할머니를 얼마나 사랑했는지. 그리고 할머니가 사 주신 그 구두를 얼마나 아꼈는지 나는 알아. 네 춤은 배신이 아니야, 네 구두는 저주가 아니야.

나는 여기서 달리기를 멈췄다. 계속 달리기 위해서는 침대 아래 숨겨둔 빨간 구두를 다시 꺼내야 한다. 사랑이 없이는 더 달릴 수 없다.

뒷자리글 진주 쓰깅

달리다

: 닿다—닳다—닫다—다(다)르다—달다

김대성

그야말로 '달리기 바람이 분다'고 해도 좋을 이즈음,
진주에서 여는 〈진주 쓰깅〉을 가만히 들여다봅니다. 그간
달리기와 담을 쌓고 지낸 이들(만)이 이 모임에 참여했다는
건 여러모로 특별하고 또 재미난 얘깃거리가 아닐까 해요.
워낙에 이룬 일(성과)을 바탕으로 해온 일을 뽐내는 문화가
널리 퍼진 터라 '달리기꾼'들이 모여 누가 더 잘 달리나를
겨루는 길로 흐르면 어쩌나 내심 걱정했었는데, 달리기와는
담을 쌓고 지냈던 분들이 발걸음을 해주어 달리지 않는다면
어떻게 하지, '그렇다면 무얼 쓰지'라는 생각지 못한 길목에
이르게 된 듯합니다. 한데 올려주신 글을 읽으며 달리기와
글쓰기를 잇는 모임 가운데, 이런 글을 나누는 모임이
있을까 싶을 정도로 어디에도 없는 '달리기 살림글'이
반가웠답니다. 얼마나 잘 달리는지, 어떻게 하면 잘 달릴
수 있는지, 더 잘 달린다는 게 얼마나 뿌듯한지가 아닌,
그동안 왜 안 달렸는지, 어떻게 하면 달리기를 시작할 수
있는지, 그간 달리기가 아닌 방식으로 몸과 마음을 어떻게
보살펴왔는지를 적은 글 안에 달리기 첫걸음을 내딛는
설렘과 긴장이 가득했습니다.

　느닷없이 부는 것처럼 보이는 달리기 바람은 성실함,
꾸준함을 바탕으로 끊임없이 나를 넘고(자기 갱신)과 나를
다그치는(자기 계발) 신자유주의 구조와 이어져 있습니다.
날씬한 몸매에 부지런한 일상과 매사 당당한 태도,

곧은 몸과 바른 자세에 대한 은근한 자부심은 달리기가
스스로를 돋보이게 하는, 이른바 '매력 자본'을 갖추는 데
이바지한다는 점 또한 알아차리게 합니다. 더불어 '피트니스
열풍'처럼 홀로 하는 게 아니라 여럿이 어울려 달리는 까닭
또한 생각해 볼만 하겠다 싶습니다. 잘 달리기 위한 방법을
익히거나 달려야 하는 까닭(동기 부여)에 힘을 실어준다는
목적도 있겠고 다른 이와 연결되고 싶다는 바람도 담겨
있겠지요. 올려주신 글을 읽으며 '우린' 함께 달리진 않지만
홀로 달릴지라도 달리기는 이미 서로 잇기이고 모든
달리기는 이어달리기이겠구나 싶습니다.

　　새삼 '달리다'라는 낱말을 들여다봅니다. 이 낱말은
어디에서 와서 어디로 가고 있을까요. 여기서부터 저기까지
달리는 일은 어딘가에 닿고자 하는 애씀일 텐데, 그러자면
몸과 마음을 흩어지지 않게 한곳으로 모아야 합니다.
어딘가에 닿기 위해선 여기저기로 뻗어나갈 수 있는
길목을 닫아야 하지 싶습니다. 닫으면 갇히기 마련인데
달리기만큼은 다르다 싶어요. 다른 곳으로 나아가기 위해
닫기 때문입니다. 달리기는 몸이 하는 일처럼 보이지만
여러 글에서 확인할 수 있는 것처럼 마음과 이어집니다.
달리기는 몸과 마음이 닿아 서로 닮는 일이지 싶어요.
어디를 달리느냐에 따라 닿고자 하는 곳과 닮고자 하는 게
달라지기도 하겠구나라는 생각에 이르니 달리기는 무언가를

바라는 마음, 그러니까 꿈꾸는 일과도 이어진다 여깁니다. 느끼는 것과 생각하는 것과 바라는 것을 길 위에서 몸으로 펼치는 일이 달리기가 아닐까 싶어요. 그래서 달리기는 살림을 꾸리는 일과 맞닿습니다. 제가 달리기를 '러닝'이 아닌 '달리기 살림'이라 부르는 까닭입니다.

달리기를 흐르게 하는 힘은 아마도 'ㄹ'에 있지 싶은데, 다른 낱말을 떠올려보더라도 'ㄹ'엔 흐름이 있습니다. 물결처럼 몸과 마음을 맡겨두면 서로 어깨동무하고 어울려 저 스스로 나아갑니다. '길'이 달리기를 거들고 '마을'이 달리기를 품습니다. 달리고 나면 뿌듯하고 개운한 까닭이 여기에 있다 여깁니다. 한껏 어울렸기 때문이에요. 마음껏 누렸기 때문입니다. 그래서 '달리다'는 '닿다'와 이어집니다. 우리는 서로 다르기에 닿고자 합니다. 달리기는 그 애씀을 오랫동안 지켜온 사람살이(살림)이기도 하겠습니다. 그러니 모든 달리기는 '이어달리기'겠구나 싶어요. 여기서 저기까지 몸과 마음을 이끌고 나아가려는 건 잇기(어울리기) 위해서입니다. 어쩌면 거기에 누군가가, 무언가가 우리를 기다리고 있을지도 모르죠. 마을을 달리다 보면 풀꽃나무와 이웃과 바람과 별과 새와 벌레를 만납니다. 다 다르기에 만날 수 있고 또 잠시 이을 수 있습니다. 달리는 동안 몸과 마음을 실과 바늘이 되어 이곳저곳을 누비며 잇습니다. 이 이어달리기를 즐겁게 누리다 보면 몸과 마음이 달아오릅니다. 벌이 여기저기를 오가며 꽃과 꽃을 잇는 동안 맺히는 꿀처럼 이곳과 저곳을 누비며 잇는 달리기가 참으로 단 까닭이 여기에 있지 않을까요.

빗자루와 연필

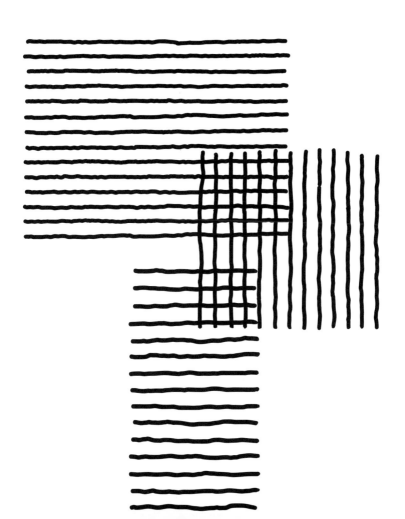

빗자루는 '쓸고' 연필은 '쓴다'. 쓸기와 쓰기. 어울리지 않는 것처럼 보이지만 빗과 붓은 말밑이 같다. 빗자루를 잡는 이는 연필을 쥘 시간이 없을 거라 여기지만 빗자루로 살림을 돌보는 이만이 쓸 수 있는 글이 있다. 오랫동안 살림과 글쓰기는 서로 반대쪽을 향한다 여겼기에 글 쓰는 이들은 살림을 등졌다. 이건 틀린 생각이다.

빗자루와 연필은, 살림과 글쓰기는 등을 맞댄 동무다. 가까운 자리에서부터 비질을 하는 것처럼 글쓰기 또한 먼 이야기가 아니라 가까운 이야기에서부터 시작한다. 살림은 끝없이 손보고 돌보고 가꾸고 아끼는 일이다. 손때 묻은 살림에서 빛이 나는 것처럼, 손수 짓는 밥에 손맛이 깃드는 것처럼 글쓰기도 매한가지다. 오늘 빗자루를 쥐고 둘레를 '쓰는' 이만이 연필을 쥐고 글을 '쓸' 수 있다.

작은숲
―《시골에서 살림 짓는 즐거움》(최종규, 스토리닷, 2017)
  곁에 손수 지은 이름을 펼쳐보다

김대성

부산에서 작은 모임을 열며 책살림을
짓는다.

낯선 자리에서 낯선 이름을 만납니다. 그 가운데 빠지지 않고 스스로 이름을 지어 쓰는 이들이 있곤 했는데, 늘 그이가 부러웠습니다. 대단한 뜻을 담은 건 아니더라도 새 이름을 가진다는 건 설레는 일이고, 무엇보다 내 이름을 스스로 지어 쓴다는 게 멋져 보였습니다. 누군가에게 선물 받은 이름도 나쁘지 않지만 내가 바라는 바와 다르게 주어진 이름이 아니라 내가 바라는 뜻을 담은 이름을 스스로에게 선물하는 이들이니까요. 스스로 이름을 지어 쓰는 이들이 내어놓는 말과 글이 뚜렷했다는 건 굳이 이야기하지 않아도 짐작할 거라 생각합니다. 저 또한 몇 번이나 스스로 이름을 지어보려고 했지만 쉽지 않더군요. (주어진) 이름이라는 굴레를 벗어나는 게 이렇게도 어렵구나 싶었어요. 이 뿐만은 아니겠죠. 그보단 굴레를 벗어나려고 하지 않는 마음이 더 크지 않았나 싶어요. 썩 마음에 들지 않지만 제 이름을 오래 써왔고, 스스로 지은 이름도 아니니 굳이 되뇌거나 곱씹을 필요가 없어 어찌 보면 편안하다고도 할 수 있을 테니까요. 스스로 이름을 지어 쓰는 이는 누군가가 자신을 부를 때마다, 그리고 자신을 소개할 때마다 새 이름에 담은 뜻과 마주하겠죠. 이름에 불을 켠다고 할까요. 부를 때마다 깜빡이거나 깃발처럼 나부낀다 여겨요.

지난여름 문턱에 전남 고흥에서 날아온 편지와 책 꾸러미를 펼쳐보다가 스르륵 새 이름을 지어야겠다

마음먹곤 곧장 이름을 지었답니다. 작은숲.《시골에서
살림 짓는 즐거움》을 곁에 두고 이야기를 나누는 자리에서
저는 스스로 지은 새 이름에 대해 이야기를 펼쳐보려고
해요. '숲'을 품은 이름이지만 '작은'에서부터 이야기해야
하지 싶어요. '숲'이라는 먼 낱말을 이름으로 써야겠다
마음먹을 수 있었던 건 '작은'이라는 그림씨(형용사)에
기댈 수 있었기 때문이니까요. 부산이라는 도시에서 나고
자란 까닭 때문이라며 말을 꺼내면 이상하게 들리겠지만
'제2의 도시'라는 이름표 때문일까요, 뭘 하든 '제대로' 해야
한다는 말에 붙들려 있었고, 그걸 가장 쉽게 할 수 있는 길이
'크게' 하는 것이었어요. 더 많은 사람을 모으고, 더 많은
이들로부터 관심을 얻고, 여러 눈길을 사로잡아야 한다는 꽉
막힌 길에 서서 앞만 보며 내달리지 않았나 싶어요.

　　여러 벗과 둘레 도움으로 10년 넘게 매달 모여 이야기를
나누는 〈문학의 곳간〉이란 모임을 꾸려왔는데 이 자리에서
'작게'라는 낱말을 품에 안을 수 있었어요. 대단한 뜻이나
끈끈한 조직 없이, 매달 다시 모일 수 있을지 약속할 수 없는
희미하고 느슨한 사이였지만 모두가 조금씩 마음을 내어준
덕에 사라지지 않고 끈질기게 모임을 이어오면서 참으로
많은 걸 느끼고 나누며 배울 수 있었답니다. 짧지 않은
시간을 돌아보며 작은 모임이어서 그럴 수 있었겠다 여겨요.
크게 키워나가려는 마음을 내려놓고 작게 꾸려나간다면

오래 이을 수 있구나, 작기 때문에 자세히 보고 느낄 수
있고, 세심히 헤아려 소중히 여길 수 있고, 하나하나 매만져
손수 가꾸고 돌볼 수 있다는 걸 배웠답니다. 그러고 보면
'모임'이라는 낱말 속에 이미 '작게'라는 뜻이 배어 있구나
싶네요.

　책을 펴낼 땐 '대피소'라 불렀지만(《대피소의 문학》)
이를 넉넉한 말로 다시 써본다면 '쉼터'라고 할 수도 있겠죠.
대피소도 그렇지만 쉼터 또한 작습니다. 커다란 쉼터는
없지 싶어요. 바깥으로 내몰리거나 밀려난 이들, 구석이나
귀퉁이를 붙들고 가까스로 서 있는 이들은 모두 쉼터가
필요합니다. 작은 쉼터이기에 누구나 선뜻 들어올 수 있다
여겨요. 작은 쉼터이기에 누군가는 들어올 마음조차 가지질
않겠죠. 작은 쉼터이기에 발을 들여놓자마자 아늑함을
느끼는 이도 있을 테고, 작은 쉼터이기에 시시하다 여겨 곧장
돌아나가는 이도 있을 겁니다. 작은 쉼터이기에 저마다가
매만지고 애쓴 손길과 눈길로 가득합니다. 그간 꾸려온 작은
모임이 작은 사람들이 어울려 쉼터를 가꾸고 돌본 살림과
이어져 있다는 걸 알아차리게 됩니다.

　제가 사는 곳엔 풀꽃나무가 없어 '숲'에 대해선 아는 게
없지만 여럿이 어울려 가꾸고 돌본 작은 쉼터가 이 커다란
도시에선 숲으로 깃드는 길목이 될 수 있지 않을까라는
바람을 품게 됩니다. 작은 쉼터에 기대어 숲으로 나아갈

수 있기를 바라는 마음을 담고, 작은 쉼터를 숲과 같은
곳으로 가꾸어야겠다는 뜻을 펴고 싶은 마음을 담아
스스로 작은숲이란 이름을 지었습니다. 곁에 놓인 최종규
작가님이 쓴 《시골에서 살림 짓는 즐거움》이란 책 이름을
새삼 되짚어봅니다. 스스로 살림을 짓는다면 누구라도
즐거움을 누릴 수 있겠구나 싶어요. 그래서 이 '즐거움'은
전원생활이나 한달살이 따위와 이어진 '시골'이 아니라 손수
살림을 지으며 둘레를 가꾸고 돌보는 터에서 흘러넘치는
기쁨을 가리킨다 여깁니다. 손수 짓기에 살림 또한 작습니다.
작기에 뚜렷하게 보이고, 작기에 콸콸 흘러넘칩니다. 언제나
가득 찰 수 있고 금세 메마르기도 하겠죠.

  짓기는 여러모로 손으로 하는 일, 손수 하는 일과
이어져 있습니다. 손으로 쥐고, 잡고, 짚는 일이 짓기와
이어지겠죠. 손수 하기에 한 번에 하나만 쥘 수 있고, 잡을 수
있어요. 하나만 건넬 수 있기에 온몸과 온맘을 담을 수 있다
여깁니다. 어쩌면 그런 까닭으로 손수 살림을 짓는 살림꾼은
늘 즐거울 수만은 없으리라 여겨요. 이 책을 읽으며 숱하게
눈물을 흘린 까닭도 이 때문이지 않을까 싶은데, 눈부시고
아름다운 살림을 마음껏 누렸기에 즐거움도 가득했지만
손수 짓기에 살림 둘레가 메마르거나 부서지는 모습도
뚜렷하게 마주하겠구나 싶어요. 그래서 손수 짓는 일은
누구나 할 수 있지만 아무나 할 수 있는 건 아니라 여깁니다.

"'짓다'는 아직 나타나지 않은 것을 새롭게 나타나도록
한다는 뜻을 바탕으로 쓰임새를 넓"[최종규, 《새로 쓰는
비슷한 말 꾸러미 사전》, 철수와영희, 2016, 372쪽]힌다는
풀이에 기대본다면 살림은 그야말로 손수 나날이 새롭게
펼치는 일이라 할 수 있겠죠. 그래서 저는 살림 짓는 즐거움
곁에 메마르고 부서지는 둘레 이야기를 놓아둬야겠다
싶어요. 손수 짓는 작은 살림을 지치지 않고 나날이 새롭게
펼쳐야겠다 싶어서요. 손수 지은 작은숲이란 이름을 부를
때마다 곁에서 함께 하는 '작은 이웃'을 돌아봐야겠다
싶어서요.

> '사라진 뒤영벌' 이야기는 '사라진 개구리' 이야기로
> 이어지리라 느낍니다. '사라진 제비' 이야기로 이어질 테고,
> '사라진 여우'나 '사라진 나비' 이야기로 이어질 테지요.
> 뒤영벌을 비롯해서 조그마한 목숨붙이가 사람들 곁에서
> 자꾸자꾸 삶터를 빼앗기면서 사라집니다. 이 고리를 끊고
> 사람뿐 아니라 뒤영벌이랑 온갖 '작은 이웃'이 서로 아름답게
> 어우러질 수 있는 새로운 삶고리(생태고리)를 생각해 봅니다.
> – 최종규, 《시골에서 살림 짓는 즐거움》, 스토리닷, 2017, 186쪽.

작은 숲이 아닌 작은숲이라 적으며 손수 지은 새 이름이란
뜻을 담습니다. 작은 사람들이 손수 짓고 꾸리는 살림을

바탕으로 책을 짓는 책펴냄터인 곳간도 오래전부터
작은숲이란 이름을 품어왔구나 싶어요.

살림문학

밥 짓는 즐거움

공윤경

살수록 정이 가는 진주에서 따뜻한
밥을 손수 짓고 나누어 먹는 것을 큰
즐거움으로 여기며 맛나게 산다

"엄마, 오늘 저녁 메뉴는 뭐야?"

이제 초등학생이 된 둘째가 언제부턴가 저녁 메뉴가 뭔지 물어보기 시작했다. 사춘기 자녀를 둔 엄마들이 말하길, 사춘기가 되면 아이와 부모의 대화는 저녁 메뉴가 뭔지 물어보는 것밖에 없다는데. 언제부터 그 질문이 시작되는지는 아무도 가르쳐 주지 않았다. 엄마만 보면 곰살맞게 다가와 재잘재잘 있었던 일을 한바탕 늘어놓는 아이는 많은 이야기와 질문 가운데 저녁 메뉴 묻기를 즐긴다.

식사 메뉴를 묻는 말은 나를 긴장하게 만든다. 그 질문의 의도가 궁금증을 해결하기 위함이 아니라 '오늘은 엄마가 어떤 음식을 해 놓았을까?' 기대하는 마음이라는 것을 알기 때문이다. 매일 매일 새 반찬을 하기엔 시간과 품이 너무 많이 들기 때문에 나는 늘 반찬을 넉넉하게 만들어 냉장고를 채워 둔다. 그래서 며칠째 먹던 반찬을 그대로 내어줘야 할 경우, 아이 질문에 식은땀이 바짝 난다.

다행히도 오늘은 둘째 아이가 전부터 만들어 달라고 졸라댔던—국이 많이 남아 있어서 새로 끓여주지 못했다—시원한 뭇국을 한 냄비 가득 끓였고 아이가 평소에 잘 먹는 나물 두 가지를 고소하고 짭조름하게 무치고 마를 동글동글 썰어 찹쌀가루를 입혀 노릇노릇 구워 두었다. 대답하는 내 목소리에 평소와 달리 힘이 좀 들어간다. 원하는 답을 들은 아이는 먹기도 전에 입맛을 다시며 얼굴 가득 환한

웃음을 지어 보인다. 특별할 것도 없는 반찬이지만 아이가
만족하면 최고의 식사가 된다.

　식탁에 앉아 맛있게 음식을 집어 먹던 아이는 갑자기
"엄마 나 봐. 내가 어떻게 이 반찬 음미하는지 한 번 봐봐."
하면서 눈을 감는다. 음식을 소재로 한 영화 〈라따뚜이〉를
아이들이 좋아해 여러 번 보았는데 영화에 '음미'라는 단어가
나온다. 생쥐 요리사 레미가 자신을 찾아온 동생에게 보통
쥐들이 먹는 쓰레기 대신 자기가 생각하는 최상의 조합으로
음식을 준비해 "눈을 감아 봐." 그리고 "맛을 천천히 음미해
봐."라고 말하는 장면이 나오는데, 그걸 따라 하는 것이다.

　아이들은 잠잘 때 아니면, 완전히 눈을 감는 게 좀
어려운가 보다. 우리 집 두 아이 다 눈을 감으라고 할 때
편안히 감지 못하고 얼굴을 찡그리거나 반쯤 감은 눈꺼풀이
파르르 떨리는 걸 보고 짐작해 본다. 자기를 쳐다보라고
한 아이가 잠자리 날개 파닥거리듯 눈꺼풀을 떨면서 눈을
감고 있는 모습에 벌써부터 웃음이 비식비식 새어 나온다.
영화에서 '천천히 음미하라'고 했기 때문에 최대한 느린
동작으로 반찬을 집어 입속에 넣고 또 최대한 천천히 음식을
씹는다. 눈을 감고 있지만 자기가 받은 감동을 한껏 표현하기
위해 사용할 수 있는 얼굴 근육을 모두 움직여 황홀한—다른
사람이 볼 땐 웃음을 참기 힘든—표정을 만든다. 마지막으로
기름을 한 숟갈 머금은 듯한 느끼한 목소리로 "음, 바로 이

맛이야." 하고 퍼포먼스의 방점을 찍으면 나는 폭발하듯 참았던 웃음을 터뜨리고 만다. 온몸으로 보여 주는 감동의 표현. 세계 일류 요리사도 아마 이런 칭찬은 받지 못했을 거다.

밥을 짓는 일이 항상 즐거운 건 아니다. 메뉴를 정하고 장을 보고 재료를 다듬고 음식을 하는 일련의 과정은 집안일에서 매우 큰 부분을 차지하는 노동이다. 하지만 싱싱하고 좋은 재료를 내 손으로 골라 장을 보는 일, 흙을 씻어내고 다듬는 손길을 거쳐 음식을 하기 좋은 상태로 만드는 일, 볶는지 찌는지 요리 방법에 따라 또 양념을 어떻게 하는지에 따라 달라지는 완성품은 평범한 식재료들의 환골탈태이자 나만의 '작품'을 만들어내는 기쁨을 준다. 그리고 가족들이 나의 눈길과 손길을 담아 만든 음식을 먹고 살이 올라 건강해지는 것과 우리집 귀여운 꼬맹이가 한 번씩 온몸으로 나에게 보내는 선물 같은 표현은 '작품'을 완성하는 것에 비할 바가 못 되는 커다란 기쁨이다. 밥을 짓는 즐거움이다.

지금 알고 있는 걸 그때도 알았더라면*

공윤경

* 킴벌리 커버거가 쓴 시 〈지금 알고 있는 걸 그때도 알았더라면〉에서 제목을 빌려옴.

아이의 입술이 새빨갛다. 이마에 입술을 대어 보니 뜨거웠다. '역시….' 체온계로 열을 재어보니 40도였다. 아이는 평소에도 감기에 걸렸다 하면 고열이 났다. 아기 때에는 고열로 경기를 일으켜 응급실에 가기도 했다. 열이 나면 평소보다 신경 써서 식사나 잠자리 관리를 하는데 하룻밤 열이 나면 그다음 날 대개 언제 그랬냐는 듯 말짱해지기 때문에 38도에서 39도 사이 열은 '엇! 또 열나네?' 정도로 가볍게 지나갈 수 있다. 해열제나 기타 감기약을 먹인 적은 단 한 번도 없었다. 그런데 39도를 넘어가면 조금 염려가 되면서 밤새 아이를 돌봐야 하기 때문에 '오늘 밤도 잠자긴 글렀네.' 싶다. 아이가 여섯 해를 자라며 아무리 열이 많이 나도 40도를 넘긴 적은 없었는데 이번에 40도를 찍는 체온계를 보니 병원에 데려가야지 싶었다. 아이 친구 중 독감에 걸려 어린이집에 못 온 친구가 있다는 이야기를 들었기 때문에 독감일 가능성이 매우 크다. 혹시나 해서 코로나 자가 검진을 해 봤지만 음성이었다. 역시 독감이 분명하다. 나의 추측은 확신으로 바뀌었다.

병원에 가기 전 독감에 대해 검색해 보니 인플루엔자 유행 주의보가 발령되었고 안내문을 읽어보니 아래와 같은 내용이 있었다.

빗자루와 연필

고위험군 환자*의 경우 검사 없이도 항바이러스제 요양급여
적용 지속

인플루엔자 유행주의보가 발령되면 고위험군 대상으로 검사
없이도 인플루엔자가 의심될 경우에 항바이러스제 처방 시에
요양급여가 적용됩니다.

독감 유행 시즌이라 독감 검사를 하지 않고 약 처방을
받았다는 블로그 후기도 확인했다. 비용까지 들여가며
아이를 고생시키는 쓸데없는 검사를 하고 싶지 않았기
때문에 잘 됐다 싶었다. 항바이러스제를 처방받고 싶었던
것은 독감은 처음이라 혹시나 아이가 너무 힘들어하거나
평소 열이 나던 증상과 다를 경우 쓰려던 것이었다.

　작은 동네 병원을 방문했다. 평소 가던 소아청소년과
병원에 가지 않은 것은 독감 유행 시즌이라 하니 그 병원에
너무 많은 어린이 환자가 있을 것 같아서였다. 나름 머리를
써 일반 병원에 데리고 간 건데 내 예상은 완전히 틀렸다.
처음 방문한 그 작은 병원은 어른, 아이 할 것 없이 사람들로
북적였다. 열이 많이 나서 평소와 달리 축 처진 아이는
내게 꼭 붙어 눕듯이 기대서 힘겹게 순서를 기다렸다.
물수건이라도 챙겨올 걸 후회가 되었다. 손 닦는 두꺼운

---

*　소아, 임신부, 65세 이상, 면역저하자, 대사장애, 심장질환, 폐질환, 신기능 장애 등.

휴지에 물을 묻혀 이마를 닦아주었다.

　한 시간이나 기다려 겨우 의사를 만날 수 있었다. 나이가
좀 들어 보이는 의사였다. 증상을 설명했더니 코로나 아니면
독감이라고 검사를 해봐야 한다고 했다. 병원에 오기 전
코로나 검진을 해 봤는데 음성이었고, 아이 어린이집에
독감이 유행하고 있다는 이야기를 전했다. 정황으로 보아
독감인 듯하니 독감 약을 처방받고 싶다, 독감 유행 시즌에
고위험군의 경우 검사 없이 약 처방이 가능하다는 공고문을
보았으니 독감 검사는 받고 싶지 않다는 내 의사를 전달했다.
의사는 어이없고 황당하다는 듯 나를 보며 어디서 그런
걸 봤냐고 물었다. 당연히 의사도 그 사실을 알고 있을
거라고 생각했기 때문에 내가 더 당황스러웠다. 그런데
의사는 내가 대답하기도 전에 검사로 결과가 나오기 전에는
진단이 어렵고 약 처방도 해 줄 수 없다고 했다. 내가 알고
있는 사실을 재차 알려주었지만 의사는 그렇다고 하더라도
자기는 처방을 해 줄 수 없으니 다른 병원으로 가라고 했다.
단호하고도 건조한 눈으로 나를 바라보면서.

　순간 머릿속에서 여러 생각이 떠올랐다. 본인이 처음에
독감 아니면 코로나라고 이야기했으면서 뭐? 진단이
어렵다고? 내가 알고 있는 정보는 분명히 여러 번 확인했기
때문에 틀림없다. 하지만 다른 병원으로 가면 또 많은 환자가
대기 중일 것이다. 지금 아이는 열이 많이 나므로 매우

힘들다. 빨리 집에 가서 쉬어야 한다…. 아픈 아이를 데리고 내 말이 맞다고 의사와 싸울 수도, 다른 병원으로 갈 수도 없었다. 그렇다면 빠른 포기가 답이다.

"그럼 검사해 주세요." 치밀어오르는 화를 꾹꾹 누르며 대답했다.

독감 검사도 코로나 검사와 마찬가지로 코에 면봉을 쑤셔넣어 하는 검사였다. 싫어하는 아이를 움직이지 못하게 꼭 붙잡고 억지로 독감 검사를 받았다. 결과는 바로 나왔고, 역시 독감이었다. 나는 눈을 가늘게 뜨고 속으로 '거봐라 내 말이 맞지?' 하며 의사를 바라봤다. 하지만 의사는 내 눈길에는 전혀 아랑곳하지 않고 약을 처방하고 기계적으로 복용법을 설명했다. 독감 검사 비용을 포함한 병원비를 계산하고 병원을 나오며 속으로 중얼거렸다. '다시는 이 병원에 오나 봐라.'

평소보다 열이 좀 더 많이 났을 뿐 아이의 증상은 감기와 크게 다르지 않았다. 찬 바람이 들어가지 않도록 이불을 꼭꼭 덮어 아이를 눕히고, 한 시간 간격으로 열을 재며 뒤통수에 얼음팩을 대어 주고, 이마는 물수건으로 닦으며 열이 내리기를 기다렸다. 핸드폰과 인터넷의 발달이 이럴 때 무척 고맙다. 밤새 아이를 간호하면서 그동안 바빠서 보지 못한 밀린 유튜브며 TV 재방송을 휴대전화로 보다 보니 시간이 금방 가고 몰려오는 잠도 잘 참아낼 수 있었다. 이제 너무 힘들어서 좀 눕고 싶다는 생각이 들 때쯤 아이 열이 내렸다. 이번에도 독감 바이러스와 싸워 잘 이겨냈다. 기특하다.

다음날 컴퓨터를 켜서 소심한 복수를 시작했다. 바로 국민신문고에 민원을 넣는 것이다.

> **제목** : 병원에서 독감 고위험군 환자에게 검사 없이 항바이러스제 처방을 해달라는 요구를 거부함.
>
> **내용** : 2023년 10월 28일 7세 유아, 어린이집에서 같은 반 친구에게 독감이 발생하였다는 소식을 들었고 본인의 아이에게 발열 증상이 있어 병원에 가서 독감인 것 같다고 처방해달라고 요구함.
>
> 의사에게 독감 검사는 하지 않겠다고 이야기하고, 고위험군의 경우 독감유행주의보 발령에 따라 검사 없이 약 처방이 되는 것으로 알고 있다고 이야기함. 그러나 의사가 자기는 진단 없이는 약 처방을 해줄 수 없다고 거부. 본인이 독감 유행과 검사 없이 고위험군 바이러스제 처방에 대해 설명을 다시 하면서 내가 잘못 알고 있는 거냐고 물으니 자기는 진단을 내려야 처방이 가능하기 때문에 다른 병원에서 그렇게 하시라고 하여 어쩔 수 없이 독감 검사를 진행하여 독감 검사비를 지불함.

한참을 기다린 끝에 받은 답변을 요약하자면, 질병관리청

인플루엔자(독감) 유행주의보 발령 안내에 따르면 고위험군은 검사 없이 의심 증상만으로 항바이러스제 처방 시 요양급여를 적용한다고 하였으나 이는 권고사항으로 의무사항은 아니며, 해당 의원에서는 환자 내원 당시 특별히 독감 의심 증상이 보이지 않아 독감이라 진단할 수 없었고 진단 정확성을 기하기 위해 검사는 반드시 필요하다고 답변했다는 것이었다. 그리고 유사한 상황이 발생 시 환자에게 충분한 설명을 통해 불필요한 오해가 발생하지 않도록 안내할 수 있게 행정 지도를 했다는 내용이었다.

국민신문고에 몇 번 민원을 넣어보았지만 한 번도 만족스러운 결과를 받은 적은 없었고, 이번에도 마찬가지였다. 하지만 내용을 확인하기 위해 병원에 전화를 걸었을 것이고 조금이나마 그 의사를 귀찮게 했다는 것을 위안으로 삼기로 했다. 나의 소심한 복수 성공.

《두려움은 소문일 뿐이다》에서 작가 최현숙은 정형외과에 방문하여 병원에서 권하는 비급여 약물을 선택하지 않겠다고 하면서 급여 가능 주사만 맞을 수 있냐고 물었고 여러 간호사를 거쳐 결국 원장 면담에까지 이르렀다. 의사 면담 시에 작가는 휴대전화로 녹음부터 했고, "이럴 때 내 전략은 '무표정 + 상대의 눈을 정확히 바라봄 + 사회·문화적 수준이 좀 높은 단어 몇 개 사용 + 낮은 톤의 목소리로 정확한 질문과 의견 제시'"(175쪽)라고 했다. 이

부분을 읽으면서 나는 탄복하며 아쉬워했다. 지금 읽은 책을 그때 읽었더라면. 나도 '진료 거부'라는 표현을 썼어야 했는데. 배운 대로 적용이 가능할지는 미지수이지만 말이다.

요양보호를 '몸소' 접촉한 사람들

—최현숙,《두려움은 소문일 뿐이다》와 얽힌 이야기

장은화

경남 산청과 진주를 오가며 살림을
짓고, 글, 그림, 사람, 나무로부터
배우며 산다.

엄마는 요양보호사다. 농사일이 힘에 부쳐 더 이상 농사지을
상황이 안 되면 요양보호사를 하면서 용돈이라도 벌
생각으로 자격증을 일찍이 취득했다. 요양보호사를 하신
지는 7~8년 정도 된 듯하다. 힘든 일도 많지만, 사람들
만나고, 화장도 하고, 옷도 좀 챙겨 입으면서 스스로 관리도
할 수 있어 일을 반대하진 않는다. 요양보호사를 하면서 집에
있는 반찬거리와 과일을 갖다주는 일이 많고, 1~2시간만
요청하는 사람들도 많아 오며 가며 드는 시간과 기름 값을
제하면 큰돈이 되지 않을 때도 많지만 말이다. 당신 스스로
용돈을 벌어 "오늘은 내가 한턱낼게."라고 말하는 엄마
모습이 당당하고 멋있기까지 하다.

　얼마 전 "엄마는 몇 살까지 살 거야? 아니, 살고
싶어?"라고 물었다. 엄마는 "예전에 보험 가입할 때 80세
만기를 보고 그때까지 살아 있겠나 싶었는데 80은 좀 그렇고
한 90 초까지는 살아야 안 되겠나."라고 답하신다. 이어서
"나는 네 아빠 묘 옆에 묻지 마라, 공동묘지 같은데 묻어라.
벌초도 다 해주는데."라고 말씀하신다. "아빠랑 같이 얼마 못
살았는데 죽어서 같이 안 살고 싶나?"라고 다시 물었더니,
"세상 혼자 사니 좋은데 뭐 죽어서 같이 살라고! 말도 안
되는 소리한다."라고 하신다. 평소 엄마를 생각하면 이 말이
진심인 듯, 진심 아닌 듯 정확히 파악할 수 없다.

　사 남매 간 합의는 안 됐지만, 나는 엄마 장례식을

알록달록 화려한 꽃으로 장식하고, 엄마의 웃는 사진들로
전시회처럼 치르고 싶다. 그 유품도 전시하고 엄마를 위해
내가 쓴 책도 같이 묻어드리고 싶다. 엄마한테는 그렇게 할
거라고 말도 해 두었다. 엄마 바람대로 90세까지 사셔도,
우리 바람대로 더 오래 사셔도 엄마를 애도하는 시간은
필요하지만 눈물과 슬픔으로만 가득차길 바라진 않는다.
그런 마음이라선지 살아계실 때 더 좋은 것 구경시켜 드리고,
더 맛있는 걸 사드려야지 생각한다. 다짐이 늘 실천으로
이어지지 않지만, 마음은 늘 그렇다. 얼마 전 어느 월요일,
물김치를 담가뒀으니 퇴근길에 잠시 들러 가져가라고
하셨다. 연일 퇴근 후 모임이 예정돼 있어 당분간은 어렵고
수요일쯤 상황을 보고 가든지 하겠다고 했더니 웃으시면서
"그때까지 내가 살아있을지 모르겠다." 하신다. 그래서 내가
"그때까진 안 살아 있겠나?" 했다. 그리고 수요일을 넘기고
결국은 동생이 엄마를 뵈러 가서 물김치도 갖다 주고 갔다.
늘 옆에 계실 것 같은 생각은 반성으로만 끝난다.

　　엄마는 '연명 치료 거부' 등록을 해두셨다. 그 일을 알고,
처음에는 그런 걸 왜 했냐고 역정을 냈다. 그리곤 잊고
있었는데 두어 달쯤 전에 확인증을 꺼내서 주시더니 사진
찍어서 잘 들고 있으라고 하셨다. 그리고 당신이 아프면
더 이상 치료하지 말라고 하셨다. 동네 아주머니 대부분이
보건소에 가서 등록을 해두었다는 말도 덧붙이셨다.

연명치료를 생각하니 몇 해 전, 헌법 관련 수업을 들으면서 다른 교육생과 언쟁했던 기억이 떠오른다. 영화 속 말기 암 환자가 고통스러워하며 치료는 그만하고 약물로 죽여달라고 애원하는 내용이었는데 이에 대해 교수님께서 학생들 의견을 물어보셨다. 내가 인간의 존엄을 위해서 안락사는 필요한 것 같다는 의견을 말하자마자 다른 교육생이 대뜸 "안락사는 말도 안 되는 소리다. 자살하고 뭐가 다르냐! 주어진 목숨을 그렇게 하는 게 맞냐?"라며 강하게 화를 내는 바람에 수업 분위기가 이상해졌다. 안락사를 둘러싼 논쟁은 크게 존엄한 죽음(행복추구권)과 자살 방조(사회적 타살) 사이 대립이다. 네덜란드와 스위스 등 일부 나라에서는 안락사를 허용하기도 하지만, 대부분 나라에서는 아직 논쟁거리다. 본인의 죽음을 스스로 선택하는 것은 어쩌면 기본 권리일 수도 있겠다. 그러나 기본권도 사회적 합의를 거쳐야 불필요한 논쟁에 휘말리지 않는다. 엄마의 연명 치료 거부도, 어느 날 곁님이 "나는 아프면 아무도 모르는 곳으로 사라질 거야."라고 한 말도, 며칠 전 지인 시어머님이 돌아가셔서 조문하러 간 자리에서 "오래 안 앓고 가셔서 다들 감사하게 생각해요."라는 말을 들은 것도 같은 의미라고 생각한다.

조금 다른 이야기이지만, 부득이하게 나는 연명치료 거부 등록을 할 수 없다. 사후에 장기·각막·피부조직까지 기증 신청을 해 뒀다. 기증받을 사람에게 수술이 필요한 경우, 약물로 일정 시간 생명을 연장해야 해서 연명치료 거부 등록을 할 수 없다고 들었다. 여하튼 기증 확인증이 집으로 등기 배달된 날, 결님과 두 딸에게 자랑하듯 보여줬더니, 남편은 결국 등록했냐며 화를 내고, 큰딸은 울고, 둘째 딸은 자기도 하고 싶다고 어떻게 신청하냐고 물어본다. '나의 죽음을 가족들이 어떻게 생각할까'에 대해 평소 생각을 하고 가족들 의견을 들어보는 것이 중요하다는 것을 새삼 느꼈다. 사후 장기기증 홍보 영상과 사례자의 감사 영상 등을 함께 보고, 나의 의지도 강하다 보니 이제는 내 선택을 모두 인정하고 지지한다. 내 몸은 나만의 것이 아니라 많으면 수십 명의 인생을 살릴 수 있는 몸이라 생각하니 더욱 잘 관리해야겠다.

나는 식물을 참 좋아해서 사무실에서 죽어가는 화분을 가져와서 키우기도 한다. 가끔 잘 살린 화분을 다시 사무실로 가져가면 다른 직원들이 달라고 하기도 한다. 화분을 모으는 것은 소유욕이 아니라 식물이 살아 있기 때문이다. 정확히 말하면 아직 완전히 죽지 않았기 때문일지도 모른다. 식물이 아직 살아 있으면 죽기 전까지는 돌본다. 그러다 영 볼품이 없어진 화분은 거실에서 앞 베란다로, 앞 베란다에서 뒤 베란다로, 뒤 베란다에서 현관 밖 복도로 옮겨진다. 신경은 쓰이지만 더 이상 돌보진 않고, 식물이 스스로

죽기를 바랄 때도 있다. 어느 날 더 이상 생의 기운을 느낄
수 없을 때 흙을 비워버린다. 책임과 불편함을 벗어나기
위해 병든 부모들은 요양원과 요양병원으로 모셔지고,
"두고 온 세상과의 연은 자식들의 방문으로만 이어지고
있다"(203쪽)는 것과 어쩌면 별반 다르지 않을 수도 있다.

　　사람 간의 애착 관계가 반려동물로 갔다가 이마저도
책임감과 불편함을 줄이고자 반려식물로, 심지어 무생물인
반려돌(石)로 이동하기도 한다. 쌍방 애착 관계에서 일방
애착 관계로 이동한다. 이것 또한 어쩌면 인간과 동물,
식물에 대한 존엄을 고민한 결과일지도 모른다. "이종 간
반려에 대한 이견"에서 저자는 "이종 간 반려는 평등하고
공정한 관계인가?" 묻는다. 나는 아니라고 생각한다.
그(그것)에게 의견을 물어보지 않았기 때문이다. 남녀
사이뿐만 아니라 대부분의 관계 유지에서 애착이 아닌
애틋함이 필요하다고 생각한다. '애착'은 '부모나 특별한
사회적 인물과 형성하는 친밀한 정서적 유대(심리적 용어
사전)'이며, '애틋하다'는 '섭섭하고 안타까워 애가 타는
듯하다(국어사전)'는 의미다. "생애 핵심이 아닌 일에 시간과
에너지를 들이는 일이 우선 귀찮다"(250쪽)는 저자의 말에서
보듯, 사람들은 생애 핵심이 되어야 시간과 에너지를 쏟고
싶을 것이다. 생애 핵심이 되기 위해서는 마음의 동요가
있어야 하고, 이런 동요는 '애착'을 넘어 '애틋하다'는 의미를

갖는 '그 무엇'이라 생각한다. 그것이 부모와 자식 사이가
됐든, 이종 간 반려 사이가 됐든 간에 말이다. '애틋함'이
없어서 그 책임과 불편함을 모른 척하는 것이라 생각한다.
나는 엄마에 대한 애틋함 때문에 요양보호사 자격증을 땄다.
가족 요양에 대한 중요성과 필요성이 커지고 있는 것을
차치하고도, 언젠가 엄마가 돌봄이 필요한 때가 오면 내
손으로 돌봐 드리고 싶고, 거동하기 어려운 상황이 된다면
요양원에 근무하면서 엄마를 가까이에서 늘 돌봐 드리고
싶다.

　　요양보호사 실습을 하면서, 대상 어르신의 정서적 유대와
식사, 나들이 보조, 청소를 비롯하여 뒤처리까지 해야 하는
실습이 쉽지 않았지만 제대로 배워서 엄마를 돌봐 드리고
싶었다. 그러다 조금 더 깊이 있게 알고 싶어서 얼마 전에는
사회복지사 자격까지 취득했다. 지난 3월부터 6월까지 주말
20일, 하루 8시간 총 160시간을 요양원에서 실습하면서
가족 돌봄의 한계를 요양시설이 채워줄 수 있다는 것도
많이 느꼈다. 대부분은 가족이 더 이상 돌볼 수 있는 상황이
아니어서 오신 분들이지만, 스스로 희망해서 오신 분들도
계셨다. 그중 한 분은 실습할 때 친근하게 다가가는 것을
거부하기도 했고, 돋보기안경을 쓰고 신문을 보거나, 책을
보고 무엇을 필사하기도 하셨고, 어르신이라고 부르면
인상을 찌푸리기도 하셨다.《정신은 좀 없습니다만 품위까지

잃은 건 아니랍니다》란 책 제목이 생각났다. 실습기관 원장님께서 그 분은 교장선생님으로 퇴직하신 분인데 아들 내외에 짐이 되기 싫다고 건강이 그렇게 나쁜 상태가 아닌데도 불구하고 요양원에 입소했다고 한다.

우리 시아버님도 현재 요양병원에 계신다. 나는 결혼한 지 18년이다. 결혼한 2006년 당시에도 시아버님은 오랜 병환으로 거동이 불편했지만 이동이 불가능하진 않으셨다. 장애인용 스쿠터도 타고, 지팡이를 짚고 아파트 단지를 한 바퀴 돌기도 하셨다. 걸음이 느렸지만 혼자 힘으로 이동이 가능했다. 그러다 10년 전쯤 욕실에서 넘어지면서 뇌출혈로 인지장애가 생기셨고, 그 후 몇 년, 몇 번의 입원과 응급실을 다녀오시긴 했지만 식사도 잘 하시고, 가족들은 크게 걱정을 안 했다. 그러나 코로나에 감염된 이후에는 기력이 없어지시더니 영 걸음을 못 걸어 대학병원을 서너 차례 입원하시다 결국은 시어머니까지 병이 나실까 봐 결님과 아가씨가 시어머니를 설득해서 결국 요양병원으로 가셨다. 아버님이 요양병원으로 가시기 전 18년 동안 나는 시댁에서, 또 병원에서 어머니가 아버님을 돌보는 것을 봐 왔고, 어머님이 잠깐 일을 보러 가시면 대신 시아버님을 돌봐 드리기도 했다. 그래서 요양보호사 수업을 받을 때도 어머님이 아버님을 돌보는 장면이 그대로 그려졌다. 관 삽입으로 음식을 주입하는 것, 휠체어 사용법, 당뇨환자

손발톱 자르는 방법, 이동식 소변기, 욕창 방지 방석 등이
어떤 건지 알 수 있었다. 부분 틀니를 본 적은 있었지만, 욕실
컵에 틀니 전체가 물에 담겨져 있는 것을 보고 엄청 놀라기도
했다. 그 틀니를 시아버님 입에 끼워주는 시어머님을 봤고,
틀니를 잇몸에 붙이는 본드 같은 게 있다는 것도 알게
됐다. 시어머니는 요즘도 격주마다 아버님을 면회 가신다.
가실 때마다 소고기죽이며 전복죽이며, 문어를 곱게 갈은
문어죽이며 아버님 기운 나게 하는 죽에, 토마토주스를
만들고, 딸기를 으깨 입에 넣어주신다. 그리고는 간병인에게
꼭 더 챙겨주시라 신신당부하고 감사의 돈을 드리고 오신다.
그 모습을 보면서 많은 생각을 한다. '아직도 어머님은
아버님을 저렇게나 위하시는 구나', '아직도 저렇게 해
드리고 싶을까?', '아버님이 요양원이 아니라 계속 집에
계셨다면 어머님이 아버님한테 저렇게 하실까?' 요양원은
어머님에게 숨구멍 같은 곳인지도 모르겠다.

　　아버님이 요양원 가신 지 3년이 다 되어 가는데
시어머님은 격주 면회를 한 번도 빼 먹은 적이 없으시다.
아들이 바쁘면 나이든 시고모님에게 부탁하든지,
이모님에게 부탁하든지, 그것도 영 사정이 여의치 않으면
버스를 타고 가신다. 계절이 바뀌거나 아버님 생신이거나
명절 때면 아버님을 하루 이틀이라도 집에 모시고 싶다고
하시고, 그때마다 아들과 딸은 시어머니와 싸운다. 자식들의

일관된 주장은 '아빠 생각 그만하고 이제 엄마 인생 생각을 하시라. 본인 인생은 안 불쌍하냐.'라는 것이다. 그 싸움에서 어머님 승률은 66.6%다. "나는 어머님처럼은 못 할 것 같다."라고 곁님에게 말했을 때, 곁님이 한 말이 그것이다. "나는 아프면 아무도 모르는 곳으로 사라질 거야"라는. "돌보다가 늙어 미쳐도 어쨌든 살아내는 여자들"(213쪽)이란 표현이 바로 딱 나의 시어머니다. 그리고 '그런 걸 좋아하는 여성들을 보면 뭐한다고 없는 시집살이를 만들어 사나 싶고'도 딱 나의 시어머니다. 자식들도 그만 지내라는 제사를 계속 지내면서 며느리 눈치에, 아들 잔소리까지. 제사 음식은 간단하게 할 거라며 혼자 준비해도 된다고 하시면서 제사가 있는 달은 신경을 너무 써서 입술이 부르틀 때도 있다. 50년 가까이 그렇게 살아오셨다. 시고모님한테 한소리 듣고는 그 설움을 차마 아들한테는 말 못하고 며느리인 나한테 말하면서 울먹인다. 그렇게 살아오신 분이다. 그런 어머님이 바보처럼 보일 때도 많다.

지난 추석을 끝으로 명절 제사는 그만 지내기로 했다. 제사를 마치고 어머님이 나에게 말씀하셨다. "별이 에미야! 이제 명절 제사 안 지내니 속이 시원하냐?" 그 말을 듣고 어머께 "제사 안 지내는 게 왜 제 속이 시원한 거예요? 속이 시원해도 작은아버지, 고모님들, 어머님이 시원하신 거지."라고 되물었다. 아니 따져 물었다. 어머님은 그냥 한 말씀이라고 하셨지만 나는 어머님이 말씀하실 때 그 표정을 봤다고 말하면서, "그냥 하신 말씀이 아니라 저한테 '이제 됐나! 네가 원하는 대로 제사 안 지내니 좋나!'하는 느낌이었다."라고 말했다. 그리고 다시 말씀드리면 그건 제가 속이 시원할 일이 아니라고 강조했다. 제사를 그만 지내도 된다고 여러 차례 시할머니 딸들인 시고모님들이 그렇게 말했음에도 불구하고 제사를 계속 지내 온 시어머니고, 직장 다니는 며느리 힘들 봐 혼자서 제사 음식을 준비하는 어머님의 손목에 찬 보호대를 보는 며느리의 심정은 어떨지 어머님은 생각해 보셨을까? 나이 70이 넘어 시고모님 말에 눈물을 흘리는 시어머님을 보고 어머님 편을 한없이 들어준 나에게, 어머님이 결국 며느리인 내 속이 시원하게 된 셈이라 치부한 것이 과연 맞을까. 며느리가 하는 게 당연하다고 생각하면서 자기 몸을 혹사 시키면서 살아온 미련한 여자. 그 여자의 며느리인 내가 그 일을 안 하게 되었으니 어머님으로서는 며느리에게 큰 인심을 쓴 모양이라고 생각하셨겠지만 나는 어머님처럼 그렇게 "돌보다가 늙어 미쳐도 어쨌든 살아내는 여자들"에 속하지 않는다. 그걸 어머니가 간과했던 것이다. 어머님이 "이제 올 손님도 없으니 요 앞 새로 생긴 카페 좋더라. 너희 식구 나가서 커피 한잔 사 마시고 바람 쐬고 와라. 올 때 나는 요거트스무디에 얼음 큰 거 넣어서 사 와라."하시면서 그

살림문학

일은 일단락됐다.

72살이신 어머님이 이제는 하고 싶은 걸 하시면서 좀 맘 편히 지내셨으면 한다. 하고 싶은 일을 아는 것도 힘든 일인지도 모르겠다. 그렇게 살아오시지 않았으니까 말이다. 하긴 그렇게 살아왔다 하더라도 하고 싶은 일이 뭔지 아는 사람이 얼마나 될까? 또 본인이 좋아하는 일이 뭔지 아는 사람은 또 얼마나 될까? 비교적 하고 싶은 대로 하고 살아가는 편인 나조차도 '좋아하는 일'이 뭔지 정확히 말하지는 못한다. 좋아하는 일은 본인의 휴대전화 갤러리에 저장된 사진을 보면 알 수 있다고 말하는 사람도 있던데 나는 그림과 꽃 사진이 대부분이다. 그림 보는 것도 좋고 꽃도 좋아한다. 그렇다고 딱 그것만 좋아하는 것도 아니다. 그렇다면 '하기 싫어하는 일을 안 하는 것부터 시작하는 것'도 괜찮은 방법인 듯하다. 우리 어머님께 싫어하는 것은 무엇인지 여쭤봐야겠다. 그리고 이제부터는 싫은 일은 하지 마시라고 강력하게 말씀드려야겠다.

《두려움은 소문일 뿐이다》란 책 제목처럼, 다행히(?) 나의 엄마는 요양보호사 업무를 통해, 그리고 나의 시어머님은 시아버님을 돌보면서 나이 들어감과 늙음의 추함을 '몸소', '접촉'해 왔다. 때문에 다른 사람들에 비해 비교적 두려움과 불확실성이 덜할 것이다. 어느 정도 예측이 가능하고, 준비가 필요하다는 걸 느끼셨을 테고, 또 어느 정도 무던해졌을 수도 있다. '잘 살아야 잘 떠날 수 있고, 두려움 없이 떠나려면 미련이 남지 않게 하루하루 최선을 다해야 한다'는 전남대 박상철 교수의 말처럼 엄마와 시어머니가 그렇게 살아가시길 바란다. 그리고 '질병권'에 대해 이야기 한 책 《아파도 미안하지 않습니다》(조한진희, 동녘) 제목처럼 아픔을 당당히 말하고 치료받을 권리를 주장할 수 있길 바란다. 그 동안 고생했으니 마음 놓고 아파할 권리가 있다고 말이다.

타닥타닥 치지지직

최수연

진주에서 아이 둘을 키우며 읽고 쓰는
삶을 꾸린다.

올해 여름은 유난히 덥고 길었다. 9월이면 으레 오겠거니
했던 가을이 10월을 목전에 두고도 오지 않아 슬슬 지친다
싶었는데, 어느 날 아침 차가운 공기로, 가을은 그렇게
갑작스레 찾아왔다. 늦게라도 와주어 반가웠지만, 갑작스레
온 만큼 겨울에도 그렇게 자리를 내어주고 사라질 것 같아
가능한 한 오래 이 계절을 붙잡아두고 싶었다.

　　강을 끼고 있는 우리 동네는 강변을 비롯해서 곳곳에
자전거 길과 공원이 잘 조성되어 있다. 그래서 아파트
단지마다 사람 수만큼이나 자전거가 늘어서 있고, 어디서나
자전거 타는 사람들을 볼 수 있다. 계절의 변화를 느낀 건
나만이 아니었다. 이제 사람들은 이글이글 타는 햇볕이
아닌 적당히 따사로운 햇살과 시원한 바람을 온몸으로 느낄
준비가 된 것이다. 여름 동안 세워두기만 했던 자전거를
끌고 밖으로 나가는 사람들이 늘어났고, 동네는 자전거
타는 사람들로 활기가 넘쳤다. 우리 가족 역시 집안에서만
보낼 수 없어 지난 일요일 오후 자전거를 타러 밖에 나갔다.
여름내 묵혀 둔 자전거는 거미줄이 얼기설기 얽혔고 먼지가
뽀얗게 덮여 있었다. 거미줄을 걷어내고 자전거를 닦는
데만 제법 시간이 걸렸다. 그렇게 한참 시간을 들인 후 작은
아이는 남편 뒤에 타고, 큰 아이와 나는 각자 자전거를 몰고
강변을 향해 달렸다. 오랜만에 자전거에 몸을 싣고 페달을
밟으니 없던 힘이 생기는 듯했다. 강변이 서쪽에 있어 지는

　　　　　　　　빗자루와 연필

해를 받아야 했지만 불어오는 시원한 바람이 지는 해마저도 거뜬히 견딜 수 있게 했다. 반대 방향에서 자전거를 타고 오는 이웃 가족을 만나 서로 손을 흔들며 지나쳤다. 자주 보는 사이지만 자전거를 타고 달리다가 만나니 색달랐고 더 반가웠다.

그렇게 한참을 더 달리니 금방 지치기 시작했다. 등에서 땀이 나고 다리는 묵직해졌고 속도는 느려졌다. 오랜만에 타서 그런가 생각하며 어디 쉴 곳 없나 찾고 있는데, 옆에서 타닥타닥하는 소리가 들렸다. 무슨 소린가 궁금해서 고개를 돌려보니 큰 아이가 낙엽이 쌓인 길 위를 달리면서 장난을 치고 있었다. 그 아이가 제일 늦게 오고 있어 눈치 채지 못하고 있었는데, 내가 지치면서 속도가 처지다 보니 그제야 아이를 볼 수 있었다.

'타닥타닥, 치지지직' 자전거 바퀴와 낙엽이 부딪히는 그 소리가 무척 상쾌하게 들렸다.

"엄마, 엄마도 해봐. 되게 재밌어."

낙엽 소리를 들으니 어느새 쉬고 싶었던 마음은 가시고, 나도 아이를 따라 해보고 싶은 마음이 들었다. 낙엽은 나무가 심겨 있는 길가에 쌓여 있었기에 그쪽으로 자전거를 옮겨 가 보았다. 낙엽 위를 밟는 폭신한 느낌과 마른 낙엽의 치지직 소리가 그렇게 좋을 수 없었다. 큰 아이와 나는 대결하듯 가운데 넓은 길을 두고 앞서거니 뒤서거니 좁은

살림문학

낙엽 길을 달렸다. 우리가 장난치듯 웃으며 달리니 작은
아이도 호기심을 보이며 제 아빠에게 해보자고 졸랐다.
우리 가족은 일부러 낙엽이 쌓인 곳만 골라 자전거를 타다가
아예 자전거에서 내려서 걷기도 하고, 낙엽을 던지고 놀기도
하면서 한참을 보냈다.

어느새 어스름하게나마 보이던 해는 넘어갔고, 우리는
근처 편의점에서 마실 것 한 가지씩을 사 들고 나와 공원을
바라보며 잠시 쉬었다. 목이 말랐는지 아이들은 단숨에
한 캔을 다 마시고 또 낙엽을 가지고 놀기 시작했다. 옆에
떨어진 나뭇잎 하나를 들고 요모조모 살펴보던 큰 아이가
내게 다가와 말했다.

"엄마, 나뭇잎은 소리가 안 나는 줄 알았는데 낙엽에서
소리가 나니까 신기했어."

아이 말을 들으니 나도 아까 자전거를 타고 낙엽을
밟았을 때 그 유쾌한 소리가 다시 떠올랐다.

"엄마도 그래. 마른 낙엽 부서지는 소리가 참 좋더라.
오늘 들었던 타닥타닥 치지지직 소리가 가을 소리 같아서
기분이 좋았어."

빗자루와 연필

일기 쓰기의 참맛

최수연

내게는 열한 살 남자아이와 다섯 살 여자아이가 있다.
큰 애는 어릴 때부터 까칠하고 예민한데다가 말수도
적다. 반면에 작은 애는 야무지고 말주변도 좋을 뿐더러
자기표현을 또박또박 잘 하는 편이다. 둘째 특유의
눈치 빠름도 있어서 주위로부터 예쁘다 소리를 많이
들어왔다. 여러모로 제 오빠와 다른 면으로 어른들
관심을 한 몸에 받으며 자라고 있다. 한번씩 친정에 가면
부모님이 큰애에게는 '한규 왔어?'의 한마디로 그친다면,
작은애에게는 '아이고, 우리 공주님 왔어요? 내가 우리
영이를 얼마나 기다렸는데..' 라며 꼭 몇 마디를 더 이어
말하고 안아주기까지 하신다. 그러면 큰애는 나만 들릴
듯한 목소리로, "쳇, 공주 아닌데." 라며 툴툴 대는 것이다.
양가 부모님께 애들한테 너무 표 나게 그러지 마시라고
말씀을 드리는데도 잘 안 되시는 것 같다. 어쩔 수 없이 나는
나중에라도 큰애에게 따로 몇 마디를 더 해줘야 했는데
이를테면, 네가 어릴 때 할머니 할아버지가 너를 얼마나
예뻐하셨는지 사진을 들이밀며 일일이 설명해주는 식이다.
그래도 아이의 나온 입이 들어가지 않을 때면 지금은
한영이가 어리니까 그렇지 좀 크면 그러시지 않을 거라는
말까지도 하게 된다. 생각해보면 분명 큰애도 어릴 때는
양가 어른들의 사랑을 독차지 해왔고, 이제 컸기 때문에
자연스레 그보다 훨씬 어린 둘째에게로 관심이 옮겨가는

것일 렌데, 큰애 입장에서는 눈뜨고 당하는 형국이라 질투를 느끼는 것도 어찌 보면 당연하다. 나는 이것이, 큰애와 작은애가 성격이 판이하게 달라 어른들이 느끼는 호감도도 다르겠다는 생각도 했지만, 아이들의 나이 차가 큰 것에서 오는 상대적인 문제라는 생각도 들었다.

　　큰애가 일곱 살에 작은애가 태어났다. 큰애가 학교에 들어가고 좀 컸다는 느낌이 들었을 때, 작은애는 아장아장 걷고 말도 더듬더듬 하며 한껏 그 귀여움을 폭발시켰다. 그리고 큰애가 이제 사춘기에 접어들어 말도 안 듣고 공부 문제로 티격태격하며 나와 다투기도 하고 내 속을 썩일 때, 작은애는 공주놀이, 시장놀이, 병원놀이 같은 역할놀이로 우리 부부의 머리를 쉬게 했다. 사실 이런 놀이들을 하다보면 몸은 좀 피곤하다. 하지만 이 단순한 놀이가 어른들을 동심의 세계로 이끄는 셈이니 같이 놀다보면 우리도 재밌다. 그리고 스스로를 진짜 공주라고 생각할 만큼 현실인식이 떨어지는 어린 나이다보니 때로는 신데렐라가 되었다가 또 때로는 백설공주가 되어 있는 그 아이의 사랑스러운 표정은 어른들을 무장해제 시키는 강력한 한 방이 되기도 하는 것이다. 이것을 잘 알기에 우리 부부는 항상 조심해야지 하면서도 작은애에게는 우리의 표정부터 부드러워지니 할머니 할아버지를 탓할 수 있을까? 그러니 다른 면에서는 눈치가 없는 큰애도 동생과 관련한 문제에는 유독 날을 세우는 게 보인다. 주위 사람들은 나이가 여섯 살이나 차이가 나는데 둘이 싸움이 되냐고 묻지만, 둘은 늘 싸운다. 대개는 큰 아이가 시비를 걸기에 생기는 싸움이다. 큰애는 작은 애가 뭔가 칭찬을 받으면 자기는 더 잘 한다며 굳이 경쟁하려 들고 당연히 제 오빠를 이길 수 없는 작은 애를 놀리는 식으로 싸움을 거는 것이다.

어제는 풍선을 가지고 작은 애가 놀이를 만들고 있었다. 자기가 룰을 정해서 엄마 아빠에게 알려주고 셋이 풍선놀이를 하는데 혼자 바둑을 두던 큰애가 안방에서 나는 소리에 재미있어 보였는지 슬슬 끼려고 했다. 작은 애는 제 오빠에게도 이렇게 하라고 알려주었는데, 큰 애는 '네가 무슨 대장도 아니면서 대장처럼 구냐. 그냥 사회자나 해라' 며 놀이에 슬쩍 꼈다. 아마도 큰 애는 작은 애를 대장으로 인정하기는 싫지만, 자기가 놀이를 이끌어 갈 자신은 없기에 작은 애를 '사회자'라며 자기 딴에는 그 격을 낮췄을 것이다. 하지만 자존심은 상한 것 같았다. 나는 다른 일이 있어 빠지게 되었는데, 그 사이 둘이 다투는지 티격태격 하는 소리가 들렸다. "엄마, 영이는 도움 되는 게 하나도 없어." 라며 큰애가 호소를 했는데, 그 이유는 설명을 제대로 하지 않아 알 도리가 없었다. 다만 나는 네가 그리 화가 나면 오늘 일기에는 그걸 쓰면 되겠다고, 화가 나는 너의 감정을 일기에 써보라고 했다. 그랬더니 큰애는 책상에 앉아 일기장에

뭔가를 끄적였다. 보통은 큰 애가 일기를 쓰면 내가 확인을 하는데 그 날은 자기 일기를 못 보게 했다. 그러면서

"엄마, 일기가 원래 비밀이란 거 몰라? 그건 3학년도 다 아는 거야"라며 내게 큰 소리를 치는 것이었다. 나는 갑자기 이러는 이유가 뭐냐고 물었다. 그러자 큰 애는 일기장에 영이 욕을 좀 써서 그렇다며 말끝을 흐렸다. 나는 일기는 원래 솔직하게 쓰는 거라며 뭘 써놨든 아무 말 안 할 테니 가져오라고 해서 일기를 읽었다.

'영이는 바보다. 왜냐하면 상상력이 굉장히 불충분하고 아는 지식이 별로 없기 때문이다. 영이는 이름도 이상하고 얼굴 바보이다. 그 뜻은 완전 못생겼다는 뜻이다. 길가다가 똥이나 밟아랏! 내가 이렇게 쓴 이유는 영이가 나를 화나게 하고 내 이름을 자기 이름으로 바꿔놔서 자기 거라고 했기 때문이다.'

나는 웃음이 나왔다. 유치해 보이지만, 이 아이가 화난 이유가 분명했고 화낼 만 했고, 그 화를 자기가 할 수 있는 최대의 욕으로 표현한 것이 보였기 때문이다. 그리고 평소에 느꼈을 큰 애의 심정이 느껴져 마음 한 쪽이 아렸다. 혼이 날 거라 생각했는지 내 표정을 조심스레 지켜보던 큰애는 내가 웃으며 일기장을 돌려주자 이렇게 말했다.

"엄마, 나 일기에라도 영이 욕을 실컷 쓰고 나니 기분이 좀 풀렸어. 일기를 왜 써야 되는지 조금 알겠어."

내가 씻고 욕실에서 나왔을 때, 아이 둘은 언제 싸웠냐는 듯 색종이를 접으며 놀고 있었다. 남편의 말을 들어보니 작은애가 종이접기를 잘하는 제 오빠에게 종이접기 책을 들고 와서 반지를 접어달라고 부탁했다고 한다.

일기에 쓰면서 화가 풀린 탓이었을까, 동생에게 부탁을 받아서일까, 반지 접기에 몰두하는 큰 애는 세상에서 가장 진지한 얼굴이었다.

이제, 투쟁에 매몰됨을 멈추며

공윤경

"되었어요."

대곡초등학교가 교장 공모제 지정 학교로 선정되었다는
선생님의 짧은 문자. 금요일에 발표가 나는 줄로만 알고
있었는데 나흘이나 빨리 발표가 났다. 금요일 전까지 경남
교육청 홈페이지 '교육감에게 바란다' 게시판에 매일
대곡초의 교장 공모제 지정을 희망하는 글을 올릴 작정으로
오늘 아침까지도 보호자들에게 보낼 예시글을 여러 개
작성하고 보호자들께 글 올리기에 동참해 달라는 호소
문자를 돌렸던 터이다. 문자를 보는 순간 불안하고 긴장되어
무거웠던 마음이 순식간에 사르르 사라졌다. 이제 됐다
싶었다. 무거운 짐을 이제 막 내려놓은 기분이다. 나는 나의
할 일을 다 했다.

올해 대곡초 보호자회장을 맡으며 나에게 주어진 가장 큰
임무는 대곡초 교장 공모제 지정이었다. 학교 운영위원회도
교장 공모제를 염두에 두고 심혈을 기울여 꾸려졌다. 평소에
특별히 하는 일은 없었지만 내내 마음속에 올해 해내야 할 내
역할을 새기며 지냈다.

2년 전 대곡초등학교는 교장 공모제 지정에서 탈락했다.
당시 교장 공모제로 뽑힌 교장 선생님께서 4년 임기를
마치고 퇴직을 앞두고 계셨기에 새로운 교장 선생님을
모셔야 하는 상황이었다. 교장 선생님은 대곡초에 무한한

애정을 가지셨고, 또 매우 헌신적이셨다. 교장 선생님이
부임하신 뒤로 소멸 위기에 있던 대곡초는 특별한
교육과정으로 학생 수를 몇 배로 늘려 작은 학교 중에서는
상당히 큰 규모를 갖추게 되었다. 운동장을 특별하게
바꾸는 프로젝트에도 참여하여 마치 공원에 온 것으로
착각할 정도로 잘 꾸며진 운동장으로 소멸 위기에 놓인 다른
작은 학교들을 비롯하여 여러 학교가 탐방을 올 정도로
유명해졌다.

첫째가 대곡초에 입학할 때 학부모들로부터
교장선생님이 너무 좋으시다는 이야기를 많이 들었다. 보통
교장선생님에 대해 학부모가 이러쿵저러쿵 이야기하는
경우는 잘 없어서 이상했다. 내가 아는 교장선생님들은
교장실에 내내 계시다가 전교생 모임이 있을 때에야 잠깐씩
모습을 보이는데 말이다.

그런데 대곡초에 와 보니 학교에 처음 오는 사람이라면
소사(관청이나 회사, 학교, 가게 따위에서 잔심부름을 시키기
위하여 고용한 사람)로 착각할 정도로 교장 선생님은 직접
몸으로 뛰면서 학교 일을 돌보셨다. 오후에 학교에 방문하면
늘 밀짚모자를 쓰고 온몸에 흙을 묻힌 채 학교 정원을 돌보고
계셔서 교장선생님을 만나려면 운동장에서 찾아야 했다.

우리는 유명해진 대곡초 이름을 믿고, 현 교장
선생님께서 퇴직하시더라도 이후 또 다른 공모 교장을 모실

수 있을 거라고 생각했다. 공모 교장 희망 여부를 묻는 사전 설문 조사 결과 90%가 넘는 학부모가 '희망한다'에 표를 던졌다. 객관적인 점수를 매길 수 있는 자료는 설문조사 결과뿐이었기에 대곡초가 가장 점수를 많이 받았을 것이었다. 그런데 너무나 뜻밖에도 결과는 탈락이었다. 아무도 그런 결과를 예상하지 못했기 때문에 모두 충격을 받았다. 학부모들이 교육청에 항의 전화를 하고, 게시판에 불만 글로 도배를 하고, 교육감을 면담하게 해 달라고 끈질기게 요구했다. 나는 그 모든 활동에서 선두에 있었다. 투쟁의 한가운데에 내가 있었다. 교육청 입장은 대곡초는 이미 잘 운영되고 있으니 일반 교장이 와도 그 명맥을 이어갈 수 있다고 판단하여 공모 교장을 받을 기회를 다른 학교에 주어야 한다는 것이었다.

잘 알지 못했던 사실인데 그동안 대곡초 같은 작은 학교는 교장선생님이 거의 매년 바뀌었으며 퇴직을 1년 앞둔 교장선생님들이 오시거나 희망하는 학교로 가기 전 잠깐 들르는 곳이었다고 한다. 그걸 알고 있는 보호자들은 공모 교장에 탈락한 결과를 뒤집기 위해 필사적으로 매달렸던 것이다. 그러나 한 번 발표된 결과를 뒤집을 수는 없는 노릇이었다. 교육청에서는 좋은 교장 선생님을 보내주겠다고 성난 학부모들을 달랬다. 그렇게 해서 대곡초에는 퇴직을 2년 남기신 교장선생님이 부임하셨고 시간이 흘러 2년 만에 다시 공모 교장을 지정받을 기회를 얻게 되었다.

현 교장선생님은 공모 교장에 다소 부정적인 입장을 갖고 계셨다. 공모 교장 지정 신청을 논의하는 자리에서 일반 교장 선생님들도 좋은 분이 많은데 왜 꼭 공모 교장이어야 하느냐고 학부모에게 물으셨다. 나는 공모 교장선생님이 만드신 특별한 교육과정과 체험활동이 좋기 때문이라고 자신 있게 이야기했지만, 대답하고 난 후 잠시 머리가 멍해졌다. '그건 아닌 것 같은데?' 하는 생각이 퍼뜩 들었던 것이다. 이전 공모 교장선생님을 향한 애정과 신뢰가 넘친 것이지 왜 꼭 공모 교장을 해야 하는지 한 번도 명확하게 이유를 생각해 보지 않았던 것이다.

내 대답에 이어 세 아이를 대곡초에 보내면서 12년간 대곡초의 학부모로 계셨던 운영위원님이 말씀하셨다. "대곡초만의 철학이나 프로그램을 함께 이어나갈 수 있는 교장선생님이 필요하다. 그런데 공모 교장을 해야만 그분이 어떤 철학을 갖고 계신지 선출 과정에서 미리 알 수 있으므로 교장선생님의 교육철학과 비전을 미리 확인, 공유할 수 있고 학교가 추구하는 방향에 맞는 교장선생님과 함께 할 수 있다."고 말이다. 아… 그렇구나. 그제야 왜 공모 교장이어야 하는지가 명확해졌다. 그동안 '공모 교장=이전 교장 선생님'이라고만 생각해 왔다는 것을 깨달았다.

왜 그래야 하는지 뚜렷한 이유를 갖지도 않은 채로 오직 목표만을 바라보고 정신없이 달려온 나. 목적을 달성하고서야 비로소 돌아보게 된다. 빈 껍데기였던 나의 투쟁기를. 생각해 보면 나의 삶이 좀, 늘 그런 것 같다. 하나의 목표가 정해지면, 그게 옳다고 생각되면, 뒤도 돌아보지 않고 쉬지도 않고 달리기만 하는. 온힘을 쥐어 짜내어 헉헉거리면서 목적지에 도달하고 나면 또 다른 목표를 찾고, 역시 그 목표만 생각하면서 내달리는. 왜 그래야 하는지에 대한 질문을 받고 멍했던 시간을 떠올린다. 그렇게 죽을힘을 다해 놓고 왜 뛰어야 하는지도 모르고 무작정 뛰었던, 투쟁에 매몰된 나의 삶을. 이제는 좀 찬찬히 들여다볼 시간이다.

되풀이로 가득한 살림숲에서

2023년 가을부터 꾸린 〈살림 사전 쓰기〉 모임이 바탕이
되어 2024년 봄부턴 독립책방 '카프카의 밤'에서
〈이응모임〉이라는 이름으로 열네 걸음을 잇고 있습니다.
'살림 사전 쓰기'는 누구나 꾸리는 살림에서 캐낸
우리말을 나름으로 풀이해 차곡차곡 쟁여가는 자리였고
〈이응모임〉은 이오덕 어른이 쓴 책을 함께 읽으며
'마음·멧골·사람·살림·이야기'를 새겨보려는 자리입니다.
오랫동안 우리말사전 짓는 일을 해오며 이오덕 어른이
남긴 글을 정리한 바 있는 최종규 선생님과 함께 꾸리는
모임입니다. '살림문학'이란 새말은 여러모로 이오덕 어른이
남긴 글과 말, 그리고 마음에 기대지 않고서는 태어날 수
없었을지도 모릅니다.

지난 8월 〈이응모임〉에서 최종규 선생님이 《일하는
아이들》(이오덕 엮음, 1978)에 시를 썼던 이들 가운데,
그러니까 이오덕 선생님 제자들이 꾸리는 모임에서
가장 높은(?) 자리까지 간 이가 농협직원이라는 이야길
해주셨습니다. 아이들과 함께 시를 쓰고 살림글을 썼던 건
도시로 나가 성공하라는 뜻이 아닌 나고 자란 곳에서 스스로
삶터를 짓고 가꾸며 돌보는 삶을 살기를 바라는 가르침과
이어졌기 때문이겠구나 싶었습니다. 최종규 선생님과
전라남도 고흥 어귀를 함께 걸으며 이른바 '지방소멸'이란

괴담 속에서 우리가 어떻게 살아야 할지 일찌감치 알려주신 게 아닐까란 이야기까지 나누었습니다.

늦봄부터 진주문고에서 열었던 모임을 마치는 날 《일하는 아이들》을 다시 펼쳐보았습니다. 시를 썼던 아이들이 어른이 되어서 더 이상 시를 쓰지 않는다고 해도 "시를 마음속에 지니고, 몸으로 시를 살아가게" 되고 무엇보다 "어린 시절에 자연 속에서 땀 흘려 일하면서 살던 그 몸과 마음을 잃지 않고 있을 것이고, 그래서 온갖 어려운 일들을 잘 이겨내면서 바르고 착하게 살아가리라 굳게 믿습니다"라는 글귀를 읽으며 글쓰기가 어떤 길을 트고 일구는지 다시금 뚜렷하게 새길 수 있었습니다. 1952년부터 1977년까지 아이들과 함께 쓴 시를 엮은 책 〈마치는 글〉 마지막 문장은 다음과 같습니다. "이러고 보니 이 책이 바로 저의 이력서가 되었습니다." 그간 모임을 꾸린 발자취를 두고도 이렇게 말할 수 있을지, 까마득해서 쓸 수 없는 문장을 가만히 떠올려보았습니다.

이오덕 어른이 쓴 글은 그야말로 되풀이로 가득합니다. 불만과 잔소리가 한가득이고 엉망진창인 세상을 바라보며 한숨과 어처구니없음 사이를 끝없이 오갑니다. 이를 하루도 거르지 않고 되풀이 합니다. 이오덕 어른이 일군 되풀이를

가만히 바라봅니다. 되풀이는 오래 듣고 보고 느끼고
생각한 바를 바탕으로 합니다. 말하자면 되풀이는 살림을
꾸리는 힘입니다. 새로움을 찾아 낯선 곳을 향해 나가는
걸음이 아니라 터한 곳에서 배우고 가르친 것을 바탕으로
이야기하기에 세상(둘레)을 가꾸고 돌보는 일과 이어집니다.
살림은 그야말로 끝없는 되풀이입니다. 이 끝없는 되풀이
안에서 사랑이 깃들고 영글기에 사람이 살 수 있습니다.
그러고보니 되풀이 한 것만 베풀 수 있구나 싶어요.
《살림문학》 안에도 살림살이를 바탕으로 일군 되풀이가
가득하리라 여겨요. 살림 안에서 일군 되풀이를 씨앗으로
삼아 곳곳에 심어 잘 돌보고 가꾸길 바랍니다. 손수 짓는
살림으로 어우러진 살림숲에서 만나는 날을 기쁜 마음으로
기다리겠습니다.

글쓴이 13명과 함께
김대성이 먼저 씁니다.

살림문학

첫판 1쇄 펴냄
2024월 12월 31일

지은이
강경주 · 강민지 · 강회영 · 공윤경
김대성 · 김원호 · 노연정 · 박보경
박진이 · 이병진 · 이지원 · 장은화
최수연 · 하민혜
기획 · 진행
김대성
협력
진주문고

편집
김대성
교정 · 교열
계선이
디자인
그린그림(박성진)

펴낸이
김대성
펴낸곳
곳간
출판등록: 2021년 10월 25일 (제2021-000015호)
주소: 부산시 중구 동광길 42 6층 601호
Email: goatganbooks@gmail.com
Fax: 0504.333.1624
인스타그램: goatganbooks
페이스북: goatganbooks

이 책은 문화체육관광부 주최, 한국문화예술위원회 주관, 국민체육진흥공단 후원으로
진행된 2024 문학기반시설 상주작가 지원사업의 일환으로 제작되었습니다.